どうせ結末は
変わらないのだと
開き直って
みましたら

エイン・
フロットル
アンナの婚約者。
今までの人生では、
アンナを裏切り、
死へ追いやった。
アデルバート・
ローンノウル
侯爵家嫡男。今までの人
生では10歳前後で命を落
としていたが、今回はア
ンナに救われ、生き延びる。
アンナ・ディストリー
伯爵家次女。都度理由は
異なるが、毎回18歳の
時に夫と姉に裏切られ命
を落とし、今回11回目
の人生を迎えている。
主な登場人物

ビアナ・ミドルレイ
子爵令嬢。アデルバートに想いを寄せているようで……？
ヴィーチ・マイクス
侯爵家次男。ミルーナに心酔している。
シャス・ロウト
伯爵令息。穏やかな優等生。
ミルーナ・ディストリー
アンナの姉。今までの人生では、エインとともにアンナの命を奪ってきた。
ニーニャ・エルトロフ
子爵令嬢。11回目の人生で、アンナの友人となる。

Contents

どうせ結末は変わらないのだと開き直ってみましたら

風見ゆうみ

イラスト
蒼

プロローグ

「君は人として最悪だ。そんな人を妻にしておきたくない」

結婚して2日目の深夜、自室で目の前にいる男性からそう言われた時は『またか』と思いました。

だって仕方ないじゃないですか。この言葉を聞くのはもう10回目なんですもの。

私の夫である、伯爵令息《れいそく》のエイン様は結婚が決まるまでは優しい人で、口には出しませんでしたが、私は彼に恋愛感情を持っていました。

それは昔のことであって、今の私には彼への愛情なんて、これっぽっちもありません。

エイン様は妻の私の言葉ではなく、隣で寄り添っている私のお姉様の言葉を信じたからです。

「私が何をしたと言うんですか」

「ロウト伯爵夫人から聞いたよ。君は学生時代、自分の成績が悪いことを誤魔化《ごまか》すために、ロウト伯爵夫人の勉強の邪魔をしていたんだろう？」

ロウト伯爵夫人というのは、私のお姉様のことです。お姉様は勉強が得意ではありませんでした。ですから、自分の成績が悪かった理由を、私のせいで勉強できなかったということにしたいみたいです。

「そんなことはしていませんが、否定しても信じてもらえないのでしょうね」

「君よりも、ロウト伯爵夫人のほうが信用できるからね。悪いけど、僕たちの幸せのために君には消えてもらう」

「アンナ、わたしを恨《うら》まないでよね。悪いのは性格が悪いあんたなんだから！」

私の2つ年上の姉ミルーナは、金色のストレートの髪に碧色《あおいろ》の瞳を持つ、整った顔立ちの女性で、世間から美人だと褒《ほ》めそやされています。本性《ほんしょう》を知っている私にしてみれば、美人というよりも冷徹《れいてつ》に見える女性という印象しかありません。

……そういえば、お姉様の台詞《せりふ》も代わり映《ば》えしませんね。どんなに頑張っても、結果は同じようです。

「もう、聞き飽きました」

「聞き飽きた？　何を言っているの？」

「お姉様には夫がいますよね？　いつから、2人は不倫関係にあったのですか」

「不倫なんかしていない！」

エイン様が声を荒らげると、お姉様が私に近づき、耳元で囁《ささや》きます。

「仲良くなるのは、あんたが死んでからなの。世間は不倫だとは思わないわ」

今までの経験上、お姉様とロウト伯爵は上手《うま》くいっているはずです。お姉様は私を殺すためだけに、エイン様と仲良くなったようですね。

「わたしの顔色を窺《うかが》って怯《おび》えているあんたの姿は、何も知らない人からすれば、まるで悪いことをしている人よ」

「……私は、お姉様と仲良くしたかったのです」

そうすれば、殺されないと思ったから。

お姉様は、私が生まれてこなければ、私の持っているもの全てが自分のものになったと思い込んでいます。だから、私の命も奪っても良いと思っているのです。そう思わせないようにしたかったのに、何度やっても上手くいきません。

「ミルーナ様の心を乱す女よ、死ね！」

お姉様に心酔《しんすい》している騎士が叫《さけ》んだ瞬間、私は10回目の人生が終わったことを悟《さと》ったのでした。

1章　楽しく生きていくことにします！

「もう無理です！」

屋根裏にある殺風景《さっぷうけい》な部屋の中で、私は投げやりになって叫びました。

私の名前はアンナ・ディストリー。伯爵家の次女として生を受け、享年《きょうねん》は18。現在、5歳です。

その都度《つど》、理由が変わるのですが、18歳の時に夫と実の姉に裏切られて命を落とし、何度も過去に戻っては、また殺されるという人生を繰り返しています。

私にはミルーナという姉がいますが、跡継ぎがほしかった両親は2人目の子供を作りました。ですが、私という女の子が生まれたため、両親は私をいらない子として、屋根裏部屋に閉じ込めたのです。

屋根裏部屋へは屋敷の3階の廊下から大人用の梯子《はしご》がかけられていて、廊下には兵士が見張っており、私が出入りできるのは、お手洗いと入浴の時だけです。しかも、時間が決まっているので、お腹《なか》を壊《こわ》した時はかなり辛《つら》いです。

「アンナ様！　どうかされましたか？」

今の声は、下で見張りをしている兵士のものです。仕事とはいえ、屋根裏に子供が閉じ込められているのを認めるだなんて、人としてどうかと思いますが、彼らに情を訴えてもなんの意味もありません。ここは素直に謝《あやま》るのが一番です。

「申し訳ございません！　何もありません」

大きな声で答えると、兵士はすんなりと納得してくれたようでした。

私が暮らしている屋根裏部屋には、ベッドと書き物机と大きな姿見《すがたみ》。本棚《ほんだな》もありますが、最初の人生の時、私は本を与えてもらっていませんし、文字も教わっていませんでした。ですから、その時は本がほしいだなんて一度も思ったことはなかったのです。文字が読める今となっては、この本棚に何か本を置けたら良いなと思うのですが無理でしょうか。

姿見に映《うつ》る私は紺色《こんいろ》の艶《つや》のない髪に髪と同じ色の瞳。食事をしっかり与えられていないせいか痩《や》せ細っています。

「アンナ！　静かにしていなさいと言ったでしょう！」

納得してくれたと思っていたのですが、どうやら兵士が言いつけたようです。お母様の声と共に梯子を登ってくる音が聞こえました。

お母様は私を嫌っており、お父様は私のことなど無関心で、最初からいないものだと思われています。両親の影響もあり、お姉様も私を嫌っています。私がいなければ、私に与えられているものが全て自分のものになると思い込んでいるからです。

「まったく、あなたって子は！」

お母様は屋根裏部屋にやってくると、持っていた虫を叩《たた》いて殺す道具で、私の頬《ほお》を叩きました。

こんなことをされるのは慣れっこです、と言いたいところですが、痛いものは痛いです。これ以上、叩かれたくはありません。

「申し訳ございません」

頬を押さえて謝ると、お母様は、今度は反対側の頬を叩いて叫びます。

「放り出されたくなければ、大人しくしていなさいと言ったでしょう！　屋根裏部屋に住まわせてもらっているだけでもありがたいと思いなさい！」

お母様はそう言うと、とりあえずは満足したのか屋根裏部屋から出ていきました。

お姉様と同じように世間からは美人だと言われているお母様は、性格も外見も大人になったお姉様にそっくりです。お母様を見るたびに、嫌なことしか思い出せません。

なんとか仲良くして運命を変えようと頑張りましたが、家族は私が生まれたこと自体が気に食わないのですから、何度やり直しても仲良くなるなんて無理だということに気づきました。

それならもう、媚《こ》びることはやめて開き直って生きていくほうが良いですよね！

どうせ死ぬんですから、それまでの人生を楽しく生きたほうが良いですもの！

そう考えた私は、新たな人生を今までしなかったやり方で生きていくことにしたのでした。

◆◇◆◇◆

あっという間に日は過ぎて、6歳になった私は学園に通うことになりました。学園に通い始める数日前に、屋根裏部屋から3階の奥にある日当たりの悪い部屋に移動しました。なぜ、移動したかというと、友人との会話で屋根裏部屋に住んでいるなんて言われたら困るからだそうです。部屋に移った時に、両親から何度も屋根裏部屋に住んでいた話を人にしないようにと言われました。

私が12年間通うことになるローンノウル学園は、現ローンノウル侯爵の曾祖父《そうそふ》が設立した共学校で貴族が多く通っています。成績優秀者以外は学費がとても高く、金銭的に貴族しか通えないからです。

なぜ、家族に嫌われている私がこの学園に入学できるようになったかというと、お母様が勝手にライバル視しているレイガス伯爵夫人の発言があったからでした。

元々は、お姉様だけをこの学園に通わせるつもりでした。ですが、レイガス伯爵夫人から、『あら、どうして下のお子さんは学園に通わせないの？　病弱だというけれど、お医者様に診《み》せたのかしら。余計《よけい》なお世話かもしれないけれど、お金に困っているの？』と不思議そうに聞かれたそうです。そのため、お母様は私をこの学園に通わせざるを得なくなったのです。

レイガス伯爵夫人はお母様がお姉様ばかり可愛がっていることに気づいていたようで、嫌味《いやみ》を言ってみたのだと、5回目のやり直しの人生の時に教えてもらうことができました。

学園の制服は、白色のシャツに紺色のスカート。女子生徒はスカートと同じ色の大きめなリボンで、男子生徒は青色のネクタイです。学年ごとに制服のデザインが変わり、最新のファッションが取り入れられています。高学年に行くほど古い流行の制服になるわけですが、そこまで酷《ひど》く感じるものではありません。

今まではお馬鹿さんのふりをしていましたが、今回は違います。自慢できるものではありませんが、学園生活をすでに10回経験しています。勉強も含め、今までの経験や知識をフルに活用することにしました。

授業が始まると、6歳児としてはありえない学力レベルだと先生に絶賛され、テストも学年トップになりました。5歳の時から入学するまでもそうでしたが、教科書を愛用書として読み続け、予習復習を続けていると、先生から両親に、私を飛び級させないかという連絡が来たのです。

「アンナが優秀ですって⁉　そんなことはありえないわ！」

連絡が来た次の日の放課後、両親は何かの間違いだと、私を連れて学園長の元に向かいました。約束をしていないにもかかわらず、学園長はすぐに面会してくれ、学園長室に私たちを通すと、それはもう私を褒めちぎってくれました。

「アンナさんは本当にすごいですよ。6歳とは思えないくらいにしっかりしておられますし、学力もずば抜けています。こんなに賢《かしこ》い少女は滅多《めった》にいませんよ！」

「そ……、そんな、何かの間違いです。きっと、カンニングしたに決まっています！」

お母様の対面に座っている恰幅《かっぷく》の良い中年の学園長は、黒くて太い眉根《まゆね》を寄せて訝《いぶか》しげな顔で尋《たず》ねます。

「自分の娘がカンニングだなんて、親が言うことでしょうか」

「あ……、いえ、それは」

「私はご両親の躾《しつけ》や良い家庭教師をつけていたから、アンナさんがこれだけ賢いのだと思っていたのですが、違うということですかね」

「あ、アンナに家庭教師はつけていませんが、優秀な姉のミルーナが勉強を教えています。彼女の教え方が上手いからですわ」

焦《あせ》った顔のお母様や、目を閉じて話を黙って聞いているだけのお父様を見て、学園長は何かおかしいと思ったようです。微笑《ほほえ》んで私に問いかけてきます。

「アンナさん。いつも、君はお姉さんと勉強しているのかな？」

「いいえ。毎日、教科書を読んで、1人で勉強しています」

躊躇《ためら》うことなく答えると、お母様が睨《にら》んできましたが気にしません。

「家庭教師もいないのかな？」

「さっき、お母様がお伝えしましたが、家庭教師はいませんし、私に優しくしてくれる人はいません。家では使用人にも無視されますし、食事も1人で食べています」

わざと聞かれてもいないことを言ってみると、お母様は私の口を慌《あわ》てて押さえました。

「1人で食べているなんて嘘ですわ。ここ最近、口が達者になったと思ったら、嘘をつくようになって困っているんです」

「嘘をついているようには見えませんがねぇ」

学園長は疑わしげな視線を両親に向けはしたものの、話を戻します。

「お姉さんと一緒に勉強させているというのであれば、同じ学年に移るのはどうでしょうか。アンナさんなら2学年上の授業でもついていけるでしょう」

「……お気持ちは嬉《うれ》しいのですが、姉と同じクラスになるのは嫌です」

お母様が答える前に私が身を乗り出して訴えると、学園長は微笑みます。

「わかりました。でも、大丈夫ですよ。お姉さんは普通クラスですが、あなたは特別クラスになりますからね。それでも嫌だと言うのであれば、もっと上の学年のクラスにしましょう」

特別クラスというのは、学年ごとで優秀な成績をおさめた生徒だけが集められるクラスです。普段は学年末テストの成績で決まるのですが、まだ、学年も始まったばかりなので、特別に試験を受けさせてくれるとのことでした。

「お気持ちは大変ありがたいのですが、私だけ特別扱いは違うと思います。今年度の期末テストの点数で判断していただけませんか？」

「いいですよ。それにしても本当にしっかりした娘さんですね。さぞ、ご両親は鼻が高いでしょう」

学園長は温和な笑みを浮かべていましたが、口調《くちょう》にはどこか皮肉めいたものを感じました。私が感じたことは間違っておらず、この日から、学園長は担任に指示をして、家での私の暮らしをさりげなく調べるようにしてくれたのです。こんなことは今までの人生ではありませんでした。そして、そのおかげで、私は今までよりも楽に6歳の学園生活を謳歌《おうか》することができたのでした。

◆◇◆◇◆

7歳になった私は、期末テストで特別クラス行きの権利を獲得しただけでなく、お姉様よりも1つ上の学年に進級が決まりました。ただ、1つ問題なのが、その学年には婚約者のエイン様がいることです。

「へぇ。すごい！　君は年上に混ざって勉強をするんだね！　もしかしたら、同じクラスになるかもしれない。その時はよろしくね！」

3つ年上の婚約者、金髪碧眼《へきがん》で可愛らしい顔立ちのエイン・フロットル様は、クラス分けが発表される朝、クラスが張り出されている掲示板の前でそう言いました。でも、どれだけ探しても、エイン様の名前は特別クラスにはありません。

「あれ、おかしいな」

「違うクラスのようですわね。では、失礼いたします」

まだ諦《あきら》められないのか、エイン様は立ち止まって掲示板を見つめ続けています。私は、そんな彼を残して、自分の教室へと向かったのでした。

私自身に起きている出来事は、今までの人生では初めてのことばかりです。

それなのに、テストの内容は毎回変わっていませんので、勉強をし直せばすぐに思い出せました。

飛び級をするためのテストは初めてでしたが、ほとんどが見覚えのある質問ばかりでしたので、難なくクリアできたのです。

ズルをしているようで他の方に申し訳ない気もしますが、特別クラスは定員制ではなく、全教科90点以上取れれば特別クラスに入れます。ですから、他の方に迷惑をかけることはなさそうですので良しとします。

10歳児レベルの特別クラスは、私を含めて女子生徒が４人、男子生徒が10人です。他のクラスは30人が平均ですから、かなり少ないです。

教室の大きさや机の数は他のクラスと同じですから、空《あ》いた席が多くなっています。

自分の席から教室内を見回してみると、男子生徒10人の中に学園長の孫であるアデルバート様がいました。

「アデルバート様って黙っていれば素敵よね」

「あの顔で性格が良ければ、わたくしも婚約者に立候補しましたのにぃ！」

２人の女子生徒が窓際の席でそんな話をしています。教室の出入り口に近い、一番前の席に座っているアデルバート様に目を向けると、不機嫌《ふきげん》そうな顔をして、黒板を睨みつけていました。噂をしている２人の声が聞こえたのかもしれません。

アデルバート様は侯爵家の嫡男《ちゃくなん》で、この学園の創始者のひ孫に当たります。黒髪に赤い瞳を持つ目付きの悪い美少年で、近寄りがたい雰囲気を醸《かも》し出しています。

アデルバート様とは、今までの人生で深く関わったことはありません。……そういえば、アデルバート様は時間が巻き戻る前は、毎回なんらかの形で若いうちに亡くなっていることを思い出しました。

記憶を探ってみますと、アデルバート様は10歳前後で亡くなっていたことが多いような気がします。

死因の全てを思い出して助けたほうが良いのでしょうか。今までは積極的に動いていませんでしたが、命が関わっていますし、やらなかったことをやるべきですよね。

「あの……、えっと」

担任の先生が来るまでの時間、あれこれ考えていると、前の席の女子生徒が話しかけてきました。このオドオドした話し方は、昔の私と同じです。ここは大人の余裕を持って、こちらから挨拶《あいさつ》をします。

「ごきげんよう。アンナ・ディストリーと申します」

「ご……、ごきげんよう。ニーニャ・エルトロフです」

エルトロフ家は確か、子爵家だったと記憶しています。

赤色のリボンタイをしたエルトロフ子爵令嬢は、垂れ目がちの目に青い瞳を持つチャーミングな顔立ちの女の子です。

「1年間、よろしくお願いいたしますね」

「よ、よろしくお願いします！」

笑顔で挨拶をすると、エルトロフ子爵令嬢はペコペコと頭を下げました。そして、なぜか申し訳なさそうな顔をして私に尋ねます。

「あ……、あなたは、わ、私よりも3つ年下なんですよね」

「はい。まだ、7歳ですので、至らないところもあるかと思いますが、よろしくお願いいたします」

「い……いたらない？」

難しい言葉を使ってしまったようです。もう少し子供らしい発言をすることにします。

「えっと！　あの！　この学年で勉強するのは初めてで知り合いがいませんので、ぜひともよろしくお願いいたしますっ！」

「こ、こちらこそ、よろしくお願いします！」

早速《さっそく》、お友達ができそうで良かったです。そう、安堵《あんど》した時、先ほどの女子2人組が話しかけてきました。

「ディストリーさん、どれくらいお金を積んで、このクラスに入ってきたんですか？」

「ちょっとやめなさいよ。そんなことを聞いたって、本人がわかるわけがないじゃない」

クスクス笑いながら話しかけてくる女子生徒たちの相手をするか迷います。ここは子供なら言い返すところなのでしょうか、それとも泣くべきなのか、わからないです。

でも、言い返されるという経験も、これからの彼女たちのためにはなりますよね。

そう考えた私は、意地悪《いじわる》なことを言ってきた女子生徒たちに優しく話しかけます。

「私はテストを受けて、特別クラスに入ることになったんです。このクラスは実力がなくても、お金を積んで入ることができるクラスだと言うのでしたら、あなたのご両親に金額をお聞きになれば良いと思いますが」

「な、なんですって⁉」

「だって、そうでしょう？　学園に入るにはお金を積めば良いという話は聞いていますが、特別クラスに入るには実力がないと入れないとしか聞いていません」

「それがどうしたのよ！」

「特別クラスもお金を積めば入れるという話を知っているということは、あなた方がそうだからではないのですか？　それなら、ご両親に払《はら》ったお金を聞けば良いだけです」

言い終えた瞬間、クラス中が静まり返っていることに気がつきました。しかも、周りの視線は私たちに集中しているようです。

言い過ぎたのでしょうか。

2人の女子生徒は耳まで真っ赤にして、目には涙まで浮かべています。

――言い過ぎたようですね。

「違う……、違うわ！」

1人の女子生徒が興奮気味に叫ぶと、自分の席に戻っていき、しくしくと泣き始めました。

そ、そんな！　そこまで酷いことを言いましたかね？　私としては社会の厳しさというものを知ってもらおうと思っただけなんです！

「あ、あの、ごめんなさい！　泣かせるつもりはなかったんです！」

慌てて立ち上がって謝ったところで、若い女性の先生が教室内に入ってきました。すると、泣いていないほうの女子生徒が先生に叫びます。

「ディストリーさんがヒス子爵令嬢を泣かせました！」

こ、これは子供の時によくある、先生に言ってやろうというやつですね！　でも、喧嘩《けんか》を売ってきたのは向こうなんですよ！

先生が私を見て何か言おうと口を開いた時、アデルバート様が鼻で笑いました。

「ディストリー伯爵令嬢は自分の名誉《めいよ》を守っただけです。ヒス子爵令嬢は自分から喧嘩を売って反論されて泣いているだけです。無視して良いと思います」

アデルバート様は言い終えると、何もなかったかのように黒板に目を向けました。

「みんなの話を聞いたほうが良さそうね。……1限目はホームルーム活動だから、話を聞かせてちょうだい」

アデルバート様の話を聞いた先生は、困った顔をしてそう言うと、まずは出席確認を始めたのでした。その後、私を含む当事者たちから簡単に話を聞いたあとは、どちらが本当のことを言っているのか、男子生徒たちに確認しました。

アデルバート様が代表して事実を話してくれ、他の男子生徒も間違いないと言ってくれたことで、ヒス子爵令嬢たちは先生から叱責《しっせき》されましたが、私は、

「酷いことを言われて怒ったのね。怒る気持ちはわかるけれど、もう少し優しく言ってあげてほしいな」

と言われただけで済みました。

1限目のホームルームが終わり、先生が教室を出ていったあと、私はすぐにアデルバート様のところに向かいました。

「あの、ありがとうございました」

「何がだよ」

声をかけると、アデルバート様は私を睨みつけながら聞き返してきました。

お礼を言っただけなのですから、そんなに睨まなくても良いじゃないですか。ヒス子爵令嬢たちが問題だと言っていたのはこういうところでしょうか。

何度目の人生の時かは忘れましたが、アデルバート様は女性に一方的に愛され、振り向いてもらえないという理由で殺されていた気がします。

すでにつきまとい行為をされているなら、女性不信になってもおかしくないですが、この態度はどうなのでしょう。でも、相手は子供、私は中身は大人です。ここは私が冷静になりましょう。

「本当の話をしてくれたお礼を言いました。目的は達成しましたし、ご迷惑のようですので去ります」

言いたいことを言い終えて席に戻ると、周りから好奇の目を向けられていることに気づきました。

周りはまだ子供ですもの。そんな目で見ることが失礼だなんてわかりませんよね。相手にはせずに次の授業の準備をしていると、エイン様が教室に入ってきました。

一体、何の用事なのでしょうか。

私と目が合うと、エイン様は笑顔で話しかけてきます。

「やあ、アンナ。君は悪いことをして、このクラスに入ったみたいだけど本当なの？」

「悪いことですか？」

「ああ。そうじゃないとこのクラスには入れないんだよ」

「意味がわかりません。そんな話を誰からお聞きになったのですか？」

「えっと、ミルーナ嬢だよ」

「お姉様からですか」

ヒス子爵令嬢たちが私にあんなことを言ったのは、お姉様から何か言われていたのかもしれませんね。

それにしても、昔からエイン様はお姉様の言うことをすぐに鵜呑《うの》みにします。良く言えば純粋ですが、婚約者よりも婚約者の姉の言葉を信じるのはいかがなものかと思います。

一度目から五度目の人生は、エイン様に嫌われないようにと必死でした。エイン様と結婚できなければ、私の未来はないと思い込んでいたからです。

でもですね、私、結局は18歳までしか生きられないんです。しかも、尽《つ》くした相手に殺されるんですよ。しかも、お姉様もグルなんです！

ガルルルと唸《うな》りたい気持ちになりましたが、頭の中で考えます。

こんな人に尽くそうと思った私が馬鹿だったのです。かといって、婚約の解消などは私からはできません。となると、エイン様から断ってもらえば良いのですよね。嫌われるように振舞って婚約の解消をしてもらえるのなら良いのですが——

「ねえ、どうかしたの？」

エイン様に顔を覗《のぞ》き込まれて、彼が目の前にいたことを思い出しました。

「申し訳ございません。過去の自分を戒《いまし》めておりました」

「いましめるって何？」

「わからないなら結構ですわ。お姉様の話ばかり信じるエイン様と話すことはありません。自分の教室にお戻りくださいませ」

「アンナ、話を逸《そ》らすなよ。不正は良くないんだぞ！」

「不正だなんて難しい言葉を知っておられるのですね。言っておきますが、私は不正なんてしていません」

「なっ！　馬鹿にするなよ！　せっかくかまってあげているのに、もういい！　昔はおどおどしていて鬱陶《うっとう》しいと思っていたけど、今は偉そうになって余計にムカつくよ！」

エイン様は机に置いていたペンケースを掴《つか》んで私に投げつけると、教室から出ていったのでした。

◆◇◆◇◆

新学期初日から色々なことがありました。かなり疲れたので家ではゆっくりしようと思っていましたが、そうもいきませんでした。今日の一件について学園側からヒス子爵令嬢たちのご両親に連絡が行っていたようで、帰宅するなり、お母様が待ち構えていたからです。

担任の先生は、私と家族が上手くいっていないことを知っていますが、子爵令嬢が格上である伯爵令嬢を侮辱《ぶじょく》したことは学園側も看過できなかったらしく、連絡があったようです。

10歳ともなれば、伯爵家と子爵家、どちらの立場が上なのかを、わかっていないほうが駄目ですものね。お母様の罵声《ばせい》は5分ほど続きましたが、心に余裕があると違うものです。今回は上手く聞き流すことができました。

ヒス子爵令嬢たちは家で余程《よほど》怒られたようで、次の日からは私を避けるようになりました。

エイン様が私に会いに来ることもなくなり、穏やかな学園生活を過ごしていると、次の学年に進級するための期末テストの日になりました。そこで私は、10歳のクラスで1位を獲得し、無事に11歳の特別クラスに進級することになったのですが、私の家族はそれを良いことだと思いませんでした。

「生意気だわ！」

部屋で勉強していると、ノックもせずに入ってきたお姉様がそう叫び、キャンキャン喚《わめ》き散らします。

「どうしてあんたが1位になるのよ！　あんたばかり目立って、わたしが目立たないじゃないの！」

「あの、何を怒っていらっしゃるんですか？　別に怒らせるつもりはないのですけど」

「言ったでしょ！　わたしよりもあんたが目立つことが許せないの！」

「困りましたね。では、お姉様を目立たせるようにすれば満足してもらえるのでしょうか」

「そういう問題じゃないわ！」

お姉様は私の横髪を引っ張り、自分のほうに近づけて言います。

「いい!?　あんたは生まれてこなくて良かった子なの！　お父様もお母様もわたしも、あんたのことを迷惑な子だと思っているのよ！」

「……私を作ったのはお父様とお母様です。そんなに嫌なら生まなければ良かったんですよ」

「違うわ。あんたがお腹の中で死ねば良かったのよ」

「……最低ですね」

私はお姉様の人間性を最低だと言ったつもりでした。でも、お姉様は違う意味で受け取ったようです。

「そうよ。あんたは最低な人間。誰にも望まれずに生きてきたゴミ。だから、わたしよりも目立つなんてやめてちょうだい」

「私はゴミではありません。そんなにも私が目立つことが嫌なら、自分がもっと目立つようなことをしたらいかがですか？」

お姉様の恨みを買って殺されることになったとしても、言いたいことを言えずにいた過去よりもマシです。

「……覚えてなさいよ」

私に睨みつけられたお姉様は、舌打《したう》ちをして部屋から出ていきました。

お姉様の発言は9歳とは思えません。両親が散々私の悪口を言っていて、その言葉を覚えているんでしょう。

お姉様の性格を直せば、私は殺されずに済むのでしょうか。かといって、今更《いまさら》、お姉様と仲良くする気にもなれませんし、あの性格が簡単に直るとも思えません。今は気にしないでおこうと思って勉強を再開していると、夕食の時間にダイニングルームに来るようにと、お父様からの伝言を受けました。

我が家の夕食は18時開始だと教えてもらいましたので、その時間にダイニングルームに向かいました。すでに、両親とお姉様が席に着いていて、私が部屋に足を踏み入れると、不機嫌な顔をして睨んできました。

何か反応すべきところなのでしょうけれど、そんな3人の様子などどうでも良い光景が私の目の前に広がっているので無視しました。だって、私が普段食べているものとは比べ物にならないくらい豪華な料理が長テーブルの上にのっているんですもの！

鶏《とり》の丸焼きが真ん中にあり、果物《くだもの》が何種類もあります。料理を見るのに必死で立ち止まっていると、お父様が言います。

「フロットル伯爵家から連絡が来た。お前との婚約を破棄《はき》し、ミルーナと婚約したいと言っている」

「はい？」

聞き返すと、お姉様が椅子《いす》から立ち上がり、勝ち誇った顔をして言います。

「だから、エイン様はわたしと婚約するの！」

「そういうことだ」

ニヤニヤと笑みを浮かべるお父様たち。そんな彼らに笑顔で答えます。

「はい！　喜んで！」

やりましたよ！　11回目にしてやっと、結婚しなくて良い道が見えてきました！　今すぐに小躍《こおど》りしたい気分です！

「は？」

喜ぶ私を見て、お姉様はしかめっ面《つら》をしています。あああ、危ないです。喜んでいるなんてわかれば、何を言い出すかわかりませんよね。

私は慌ててショックを受けている演技をしてその場を乗り切り、部屋に戻って何度も飛び跳《は》ねて喜びました。

これで、エイン様と結婚せずに済みます！　学園を卒業したら住む場所はなくなりますが、良い就職先を見つければ良いだけです！

上手くいけば、初めての19歳を迎えられるかもしれません！

家族が私のことをゴミだと思っていようが、どうでも良いことです！　言い方が悪いですが、私にとって家族はいないようなものですから。

未来に希望が見えた私は、浮かれた気持ちで11歳の特別クラスに進級したのでした。

◆◇◆◇◆

クラスの男子は新たなメンバーが2人加わりましたが、他のメンバーは変わりありません。女子はニーニャと私、そして、新たに3人が加わりました。問題を起こしたヒス子爵令嬢たちは、特別クラスから普通クラスに落ちていました。勉強はどんどん難しくなりますし、恋愛を優先していたからか授業についていけなかったようです。

担任の先生の変更もなく、元々のクラスメイトとはだいぶ仲良くなっていましたし、新しく加わった人たちはみんな良い人で、良い1年を過ごせそうだと思っていた時に、事件が起きました。

アデルバート様の命を狙《ねら》う人間が現れたのです。

その日は、女子生徒はデビュタントを迎えるまでに覚えておきたい実技の授業、男子生徒は女性をエスコートする時のマナーの授業が、ダンスホールで行われていました。一通りの説明や実技が終わったあと、時間が余ったため、先生に指名された男女がダンスを踊《おど》ることになりました。

毎年恒例のことで、この時間を待ちわびていた女子は一気に色めき立ちました。

「誰にしようか」

体格の良い若い男の先生が、なぜか嬉しそうな顔をして言いました。少し考えたあと、数人の男子生徒の名を呼んでいき、そこに、アデルバート様の名もあったのです。

「外見が整っている男性ばかり選んでいますね」

ニーニャが小声で話しかけてきました。選ばれた男子を見てみると、言われてみれば、整った顔立ちの人ばかりです。その中に、エイン様が入っていることに苛立《いらだ》ちを覚えましたが、先生が選んだので文句は言えません。

「さあ、パートナーの女子生徒だが、どうしようかな」

女子の多くが先生に、『自分を選んでください』という目を向けています。先生は圧《あっ》を感じたのか苦笑して、男子に丸投げします。

「そうだ。せっかくだから、君たちが踊りやすい女子生徒を選んでくれ」

先生の言葉に女子からは悲鳴と歓声が上がりました。絶対に選んでもらえないという絶望感を抱く人たちと、私なら選んでもらえるという自信のある人たちに二分されたようです。

「嫌です」

アデルバート様がすんとした顔で拒否しました。

それはそうですよね。アデルバート様は女性が苦手なんですもの。先生もそのことを知っていますから頷《うなず》きます。

「そうか。君はそうだよな。俺が悪かった。じゃあ、ローンノウルはシード先生と踊ってもらうか」

シード先生というのはダンス講師の名前でしたでしょうか。

……シード、何か引っかかる名前です。でも、どこで聞いたのか、どうして引っかかるのか、すぐに理由が思い浮かびません。

「……それも嫌です」

「ローンノウル、悪いけど、みんな、君が踊るところを見たいんだよ。妥協《だきょう》してくれないか」

やはり、先生は女子生徒の圧に勝てないようです。アデルバート様は観念したように、大きな息を吐きました。

私もニーニャも自分が選ばれるわけがないと思っていますので、後ろのほうでことの成り行きを見守ろうとした時でした。

「アンナ」

アデルバート様が私と同じ名前の人を呼びました。アンナは子供につける名前として人気があります。ですから、この学年にも何人かいると思います。私と同じ、アンナという名前の人たちから「きゃーっ！」という歓喜《かんき》の声が上がった瞬間、先生が言います。

「アンナは数人いるよ。家の名前も言わないと」

「……そうか。アンナ・ディストリー、踊ってくれ」

アンナ・ディストリーって誰ですか？

……なんて、馬鹿なことを言っている場合ではありませんね！　多くの女子生徒が私に恨みを込めた目を向けながらも、アデルバート様の顔が見えるように避けてくれました。

「わ、私ですか！」

「お前以外いないだろ」

「私、背が低いですよ！」

学力は11歳レベル以上ですが、体形は7歳児です。それに、食べ物を最小限しか与えられていませんので、普通の子供よりも小さいです。ヒールを履《は》けばなんとか釣り合いが取れるかもしれませんが、そこまでする必要はないかと思います。

抗議はしてみたものの、アデルバート様のことを考えると断りにくいです。アデルバート様は女性不信で、同学年の女子では私かニーニャくらいとしか話さないのですよね。ニーニャを選ばなかったのは、彼女には婚約者がいるからでしょう。

「アデルバート様、彼女は嫌がっているではありませんか」

ダンス講師の若い女性、シード先生がアデルバート様に近づいていきます。

「嫌がっている女性に無理強いするのは良いことではありません。わたくしと踊ってくださいませ」

大人にしては小柄な女性ですので、アデルバート様との身長差もそうありません。他の女性に恨まれたくないですし、お任せしようかと思った時でした。

いつのものかわかりませんが、新聞の一面記事が頭に浮かんだのです。

見出しには、『ローンノウル侯爵令息、ダンス講師に毒殺される』と書かれていました。

たしか、ダンスの練習の時に、遅効性《ちこうせい》の毒を持ち歩ける裁縫《さいほう》セットの針《はり》に塗《ぬ》り、さりげなくアデルバート様に近づいて刺したとありました。

動機は、自分の娘の告白を断ったからという理由だったと記憶しています。証拠は処分されていましたが、毒の入手経路を調べていくうちに、彼女が捜査《そうさ》線上に上がりました。

たしか、終身刑を言い渡されて『魔が差した。後悔している』と泣いていたと書いてあったような気が！

これは由々《ゆゆ》しき事態です！

「わ、私、それはもう、踊りたくなりました！」

「……それはもう？」

動揺して変な言葉を使ってしまったため、アデルバート様は呆《あき》れた顔で聞き返してきました。

やけくそというわけではありませんが、アデルバート様の命を守るためです。なりふりかま

っていられません！

「ええ。踊りたくて仕方ありません！」

胸を張って叫んだあと、アデルバート様のところに行く前に、男の先生のところに向かいました。そして、小声で「あの人は危険です。針を持っていました」と伝えました。

実際に見たわけではありませんが、隠し持っているはずです。

先生は驚いた顔をしましたが、アデルバート様が命を狙われる可能性があるのを知っていたようで、慌てて様子を見守っていた私たちの担任に声をかけました。

担任と警備員が抵抗するダンス講師を連れていったあとは、みんな不思議そうにしていましたが、授業は再開されました。

そんな出来事がありましたが授業の時間がまだ余っていたため、私はアデルバート様と踊ることになったわけですが、自分から踊りたいと言ったくせに、ダンスが下手《へた》くそすぎて、みんなに笑われて泣きたくなりました。

でも、事情を察してくれたアデルバート様が、

「ありがとう」

と優しい笑顔を見せてくれたので、良しとすることにしたのでした。

調べた結果、シード先生が持っていたポーチの中に裁縫セットがあり、針の1つに毒が塗られていたことがわかりました。どうして針を持っているとわかったのか、先生や警察の人たちは不思議そうでしたが、なんらかの力が働いているのか、深くは聞いてきませんでした。

アデルバート様を助けることができて、本当に良かったです。

ですが、このことで、私への注目度が高まってしまいました。

そしてある日、元婚約者のエイン様が特別クラスにやってきて、こんなことを言い出したのです。

「やっぱり、アンナと結婚したい」

「はい？」

「僕はアンナと結婚したいんだよ！」

「……寝言《ねごと》は私のいないところで寝てから言ってください」

軽蔑《けいべつ》の眼差《まなざ》しを向けて答えると、エイン様は泣きそうな顔になりました。

「おい！　失礼なことを言うな！」

その時、突然現れて私を叱責してきたのは、お姉様を心から愛し、お姉様のために何度も私を手にかける男となる、マイクス侯爵家の次男ヴィーチでした。

ヴィーチは同学年の男子よりもかなり高身長で、成人男性と言われても信じてしまえるくらいの体形です。彫《ほ》りが深い顔立ちで、一部の女子からは人気があると聞いたことがあります。エイン様の友人で、一緒にいることが多く、私を目の敵《かたき》にするのは、何度やり直しても同じです。自信のない態度をしている人物は、一定数の人に嫌われてしまうことは理解しています。そして、彼はそのうちの1人で、自信のない人を見ると馬鹿にするという、嫌な態度ばかり取る最低な人格です。

ヴィーチとお姉様が出会うタイミングは、毎回違っています。今回はエイン様とお姉様が婚約していますから、ヴィーチはすでにお姉様と知り合っているでしょう。どうせ、お姉様にあることないことを吹き込まれ、それを疑うことなく信じているんでしょうね。

「ここはお前たちのクラスじゃないだろ。とっとと帰れよ」

助けに入ってくれたアデルバート様を見て、エイン様は何も言い返しはしませんが、不機嫌そうな顔になりました。そして、様子を見守っていた男子がエイン様に尋ねます。

「フロットル伯爵令息って、アンナの姉と婚約していたんじゃないんですか？」

「アンナとの婚約を破棄したのは、フロットル伯爵令息だと聞いたんですけど」

クラスメイトは私とエイン様が婚約していたことを知っていますし、お姉様が流している噂が実際とは違うため、お姉様が嘘をついているのだとわかっています。だから、助けに入ってくれたみたいです。

「なんなんだ。どいつもこいつも、この女に騙《だま》されているのか」

「騙されているのはお前だよ」

ヴィーチに言い返したのは、アデルバート様でした。

次男とはいえ、ヴィーチは侯爵令息です。このクラスで彼と対等の立場で話せるのは、アデルバート様しかいません。ちなみに、どうして私がヴィーチを呼び捨てにしているのかというと、全ての未来で、彼は侯爵令息ではなくなり、お姉様の専属騎士になっていましたし、自分を殺す相手に様なんてつけたくないだけです。

ヴィーチは不機嫌そうな顔で、アデルバート様に尋ねます。

「どうして、僕が騙されているなんて言うんだ」

「噂で判断してるんだろ？　その噂の多くは嘘なんだよ」

「君だってアンナ嬢の話しか聞いていないんだろう？　なら、ミルーナ嬢の話も聞くべきだ」

「俺はアンナの姉には興味ないんだ。アンナのことについて、お前が騙されていると言っただけなんだが？」

「僕が騙されているというのであれば、それはミルーナ嬢が嘘をついていると言っているようなもんじゃないか！　ミルーナ嬢はそんな人じゃない！」

声を荒らげるヴィーチの横で黙り込んでいたエイン様は、私と目が合うと笑顔になって話しかけてきました。

「アンナ。君の活躍は聞いているよ。そんなに賢かったなんて知らなかった。それに最近の君は日に日に可愛くなるから驚いたよ。僕も両親も君との婚約を破棄したことは失敗だったって、今では反省しているんだ」

「そんな話をここでしても良いのですか？　お姉様を悪く言うことは、横にいるマイクス侯爵令息が許さないのではないでしょうか」

「えっ⁉　そ、それは、その」

私の動き方によって、エイン様が私に対して強気に出ることが多かったのですが、今回は私が強気のため、大人しいようです。強く出られると何も言えなくなるのなら、言わなければ良いのにと思ってしまいますが、思ったことをすぐに口にしてしまうタイプなのでしょうね。

案《あん》の定《じょう》、ヴィーチがエイン様に噛《か》みつきます。

「エイン！　ミルーナ嬢との婚約が失敗だったなんて、よくもそんな馬鹿なことが言えるな！」

「しょうがないじゃないか。「ミルーナは僕と2人でいると、いつも退屈そうな顔ばかりしているよ。ヴィーチ、そんなにミルーナのことが好きなら、君が結婚したらどうだ？」

「な、な、なんだって⁉」

ヴィーチは両頬を手で押さえ、顔を真っ赤にします。

「ぼ、僕が、ミルーナ嬢と結婚⁉」

「そうだよ！　そうしよう！」

名案とばかりにエイン様は拍手をすると、私に笑いかけます。

「ほら、君との婚約を破棄しただろう？　そのことで、クラスのみんなに馬鹿にされているんだ。再婚約すれば、みんなはきっと馬鹿にするのをやめるはずだ。ねえ、アンナ、わかってくれるよね？」

「……何をわかれと言うのですか？」

「僕と再度、婚約をすることだよ」

絶対に嫌だと答えたいところですが、嫌だと言えば、両親はエイン様とお姉様の婚約の解消を認め、私とエイン様を再婚約させようとするでしょう。お姉様は私のものを奪うことを目的としています。なら、今は堪《こら》えて大人しくしているべきなんでしょうけれど、演技でもエイン様に媚びたくないです。

ここは適当に流しておいて、家族の前ではエイン様とよりを戻したがっているフリをしたほうが良さそうですね。

「私が決めることではありませんから」

「そんなに怒らないでくれよ。ほら、仲直りのキスをしよう」

そう言って、エイン様は目を閉じ、口を突き出して私に顔を近づけてきました。

「「ギャーーッ」」

私だけでなく、周りにいたニーニャや他の女子が絶叫《ぜっきょう》した時、エイン様の頭に教科書が振り下ろされました。

「いい加減にしろ」

「い、いた、痛いっ！」

助けてくれたのは、呆れ返った顔をしたアデルバート様でした。頭を押さえてしゃがみ込んだエイン様を無視して、アデルバート様にお礼を言います。

「あの、本当に助かりました。ありがとうございました」

「大丈夫か？」

「今は精神的に辛い状態ですが、すぐ、元気になると思います」

「なら、良いけど」

「良くはない！」

エイン様が叫び、涙目《なみだめ》でアデルバート様を睨みつけます。

「学園長に、アデルバート様から暴力を振るわれたと伝えますから！」

「勝手にしろ」

アデルバート様はそう言って、私とエイン様の間に割って入ってくれました。

私にも一応、護衛騎士《ごえい》がいますが、私の後ろをついて歩いているだけで、私を守るつもりはありません。何かあっても見て見ぬふりです。ですから、こんな風に誰かに守られるだなんて、生まれて初めてでした。エイン様は涙目でアデルバート様に訴えます。

「暴力を振るうだなんてありえないことですよ！」

「学園長にはアデルバート様は私を守ってくれたのだと伝えます。それよりも、エイン様、婚約者がいる身で私にキスしようとしたことを、学園長に知られても良いんですか？」

「そ……、それは、仲直りのものだから、別に悪いことじゃ……」

「恋人同士、ましてや友人でさえもない人と仲直りのキスなんてありえません」

私が呆れ顔で答えた時、授業開始のチャイムが鳴ったので、エイン様とヴィーチは慌てて教室から出ていったのでした。


次の休み時間に女子だけで集まって、こんな話をしました。

「アンナは頭が良いし、顔も可愛らしいもの。エイン様のクラスにアンナを好きだという人がいるんじゃない？　だから、今になって惜《お》しくなったのよ」

「褒めていただきありがとうございます。個人的には皆さんのほうが可愛いと思います。エイン様が私と再婚約したいのは、私が注目を浴びているからでしょう。婚約者に戻って優越感に浸《ひた》りたいのでしょうね」

「それにしても、さっきの仲直りのキスというのは信じられませんね。あの、その、こんなことを言ってはいけないとわかっていますし、個人的な意見で申し訳ないのですが、その、あの、気持ち悪い……」

苦々《にがにが》しい顔をして言ったニーニャに、私を含む女子3人は大きく頷いたのでした。

◆◇◆◇◆

エイン様たちに絡《から》まれた日の夜、お姉様が部屋にやってきました。

「あんた、エイン様に未練があるの？」

挨拶もなく訪ねてきたお姉様の顔は、ニヤニヤしていて性格の悪さが滲《にじ》み出ています。どうやらエイン様の家から連絡があったようですね。ここは演技をすることにします。

「じ……実は……、そのっ……！」

「やっぱり未練があるのね。まあ、エイン様は少し頼りないけれど、あんたと仲が良かったものね」

仲が良かったことは、今回の人生では一度もありませんが、そう見えていたのなら良かったです。正直に言いますと、殴《なぐ》りたいと思ったことは何度もあるんですけどね。でも、その感情を悟られてしまえば、お姉様はエイン様との婚約を喜んで解消するでしょう。

絶対にそんなことはさせません！

「今日、エイン様はお姉様との婚約を解消するなんて言っていましたが、そんなことになったら、お姉様は私に負けたことになりますもの。妹が姉の婚約者を奪うだなんて、そんなことは絶対にできませんわ！」

「わ、わたしがあんたに負けるですって⁉」

「エイン様がお姉様との婚約を解消して、私と再婚約したら、お姉様が私よりも劣《おと》っていると思う人が出てくるに決まっているではないですか！」

「わたしがあんたよりも劣るわけがないでしょう！　まあ、見てなさいよ。あんたが羨《うらや》ましくて泣き出すくらいに、エイン様と仲良くなってやるわ！」

お姉様は言いたいことを言って満足したのか、私の部屋から出ていきました。本当に騒《さわ》がしい人です。でもまあ、まだ子供ですから、そんなものですかね。

そういえば、ヴィーチは本当にお姉様と婚約したいと思っているのでしょうか。思っていたとして、エイン様とお姉様が婚約を解消しないと知ったら、ヴィーチがどう動くのか気になりました。

……といっても、お姉様至上主義のヴィーチがお姉様の決めたことに文句を言うはずはないかと思い、勉強に集中することにしたのでした。


次の日の昼休み、エイン様は食堂から戻ってきた私のところにやってくると、肩を落として勝手に話し始めます。

「婚約の解消は無理だと言われたよ。本当にごめん」

「気にしないでくださいませ。どうぞ、お姉様とお幸せに」

「いや、そんなわけにはいかないよ！　君には昨日、期待させるような言い方をしてしまったし、このまま終わるわけにはいかないと思うんだ」

「終わってください」

「いや、駄目だよ。君を傷つけた罪は重い」

「傷ついてなんていませんので、もうお帰りください」

ニーニャたちが心配そうに私を見ていることに気づき、帰るように急《せ》かすと、エイン様は必死に訴えます。

「絶対に君と再婚約するよ！　今度こそは裏切らない！」

「いいえ。あなたは絶対に裏切ります」

はっきりと断言すると、エイン様はびくりと体を震《ふる》わせ後ずさりしました。私は彼を睨みつけて言います。

「そのままお帰りください」

「なんだか、機嫌が悪いみたいだな。本当にごめん。また、違う日に改めて話そう」

引きつり笑いを浮かべて、エイン様はそう言うと、逃げるように走り去っていきました。その背中を見送ってため息を吐《つ》いていると、今度はアデルバート様が私の席にやってきました。

「あいつのことで先生に苦情を入れていいか？」

「もちろんです！　……といいますか、ご迷惑をかけているのは私です。私から先生にお話ししますね！」

あんな人が頻繁《ひんぱん》に教室にやってきたら、他の人にも迷惑ですもの。

「いいんだが……、その」

「……どうかされましたか？」

アデルバート様が珍しく言葉を詰まらせています。いつも言いたいことをはっきり言う方なので、何を言おうとしているのか、とても気になりました。

「ここでは話しにくいことなのですか？」

「……アンナは何回目なんだ？」

「何回目？」

「いや、いい。忘れてくれ」

その時は何の話かと思いました。でも、もしかして、今の何回目というのは、人生が何回目かという話だったとしたら？

「アデルバート様！」

勢いよく椅子から立ち上がって叫んでしまい、教室中に声が響《ひび》き渡ってしまいました。みんなからの注目を浴びつつ、アデルバート様は無言で立ち止まり、私のほうを振り返ります。

「あ、あの、申し訳ございません。その、私は……11回目なのですが、アデルバート様は何回目なのですか？」

「……14回目だと思う」

アデルバート様は驚いた顔をしたあと、そう答えました。

アデルバート様は毎回私よりも早くに亡くなっていますから、回数が多いといったところでしょうか。

私だけ時間が戻る理由がわかりませんでした。でも、アデルバート様も戻っているとなると、何かわかってくるかもしれません。もしかして、今まで違っていた私たちの時間軸《じく》が上手く重なったとかでしょうか。

考えると頭がこんがらがりそうなので、このことを今は深く考えないようにしましょう。生き残ることが最優先ですもの。

他のクラスメイトが不思議そうにしていることに気づき、私たちは話を止めて、次の授業の準備を始めたのでした。


その日の放課後、アデルバート様から2人で話がしたいと言われました。そのため、クラスメイトが帰ったあとの教室で話をすることにしました。

「どうして、アデルバート様は私が人生を繰り返していると気がついたんですか？」

「きっかけは俺を助けてくれた、あの授業の時だ。手に持っていたならまだしも、裁縫セットの針に毒が塗られていたなんて普通は気がつかない」

「……そういえば、過去にアデルバート様はその方法で殺されているのですが、今回も危ないとは思わなかったのですか？」

「手に痛みが走ったのは覚えてる。でも、数時間後に苦しくなったから、何が原因だったか知らなかった。ただ、この日に死んだなってことはわかっていたから、今までその場に存在しなかったアンナを選んだ」

女性が苦手なアデルバート様が私やニーニャと話をしてくれたのは、今まで同じクラスになったことがなかったからとのことでした。

「……ということは、ニーニャも巻き戻っている可能性があるのでしょうか」

「どうだろうな。アンナがだいぶ運命を変えているみたいだから、ニーニャはアンナが楽に生きるために選ばれた可能性がある」

「選ばれた、というのは誰にですか？」

「わからん。たまたまかも。考えられることを言ってみただけだ」

眉根を寄せるアデルバート様に微笑んでから、話題を変えます。

「私たちの時間を巻き戻しているのは誰なのでしょうか」

「わからない。それに、何が目的なのかも気になるな」

私の前の席に座っているアデルバート様がそう言った時、教室の扉《とびら》が勢いよく開きました。

「アンナ、あなた、そんなところで何をやっているのよ。心配したじゃない。帰るわよ」

現れたのはお姉様でした。しかも、後ろにはエイン様がいます。ちなみに他の人がいるから、あんた、ではなく、あなた呼びのようですね。

「アデルバート様とお話ししているのです。いつも一緒ではないのですから、今日だけ一緒に帰る必要はないでしょう。先にお帰りくださいませ」

「あなたに近づくなと、エイン様が先生に叱《しか》られたの！　その話がしたいのよ！」

昼休みに担任に相談したら手を打ってくれたらしく、エイン様は私に近づかないようにと怒られたようです。

「家に帰ってすればいいだろ」

もっともなことを言われたお姉様は、怒りで顔を真っ赤にして、アデルバート様を見つめました。でも、お姉様は何も言い返すことができず、大人しく引き下がり、エイン様と一緒に去っていきました。

足音が遠ざかっていくのを確認してから、アデルバート様は尋ねてきます。

「一体なんだったんだ？」

「申し訳ございません。変わっている姉なんです。考えを理解することは難しいと思いますので、気にしないでください」

「……そうだな。一生わかりあえそうにないタイプだしな」

アデルバート様は頷くと、話を戻します。

「アンナは俺が死んだ理由を知ってるんだよな？」

「はい。アデルバート様は大体、10歳までの間に亡くなっていましたので、新聞などで知っています」

「アンナのほうが巻き戻った回数が少ないということは、アンナが知らない死因もあるんだろうな」

アデルバート様は私とは違い、10歳までしか生きていません。たとえ地頭《じあたま》が良くても、考え方が限られてくるのかもしれませんね。経験値というものも大事になるのでしょう。

「どうして、アデルバート様は毎回殺されてしまうのでしょうか」

「知らん。アンナも同じだろ？」

「私は姉に嫌われているからです」

今までの事情を話すと、アデルバート様は不思議そうな顔をします。

「対処できそうな気もするけど、姉に好かれようと思ったことはないのか？」

「あります。ですが、何度も失敗しましたので、今回の人生はもういいかなと思ったんです」

「……そうだな。何度やっても同じということは、その選択肢は正解ではないんだろうな」

「どうすれば良いのでしょうか」

「それがわかってたら、苦労してない」

アデルバート様の表情が暗くなったので尋ねます。

「やはり、アデルバート様も不安になっているのですか？」

「そりゃあ当たり前だろ。残念ながら、俺はアンナみたいに開き直れていない」

「私は18歳まで生きていますし、心の成長も一応はできていますからね」

アデルバート様の精神はまだ、子供のままなのでしょう。

苦笑してから、明るい話題を振ってみます。

「とりあえず、10歳の壁を乗り越えられそうですし一安心ですね」

「11歳になるまで油断はできないけどな。あと、11歳になったら、初めて起こる出来事しかないから不安だ」

「そう言われてみればそうですね。今までのアデルバート様は11歳になったことがありません。ということは、私にもこれからのことはわかりませんものね」

私の場合は、お姉様から逃れるか、エイン様と結婚しないかで助かる可能性が高いですが、アデルバート様の場合は、事故の時もありますので、どういう理由で死に至るのかわからないんですよね。

「そういえば、ミルーナ嬢はフロットル伯爵令息と婚約する前に婚約者はいなかったのか？」

「ロウト伯爵家の長男の、シャス様という婚約者がいました」

「相手はすんなり婚約を解消してくれたのか？」

「わかりません。エイン様と婚約できたということは、上手く解消できたのだろうと思い込んでいましたので、揉《も》めたかどうかは調べていません」

「……ロウト伯爵家か。これといって気になる話は聞いたことがないな」

考え込むアデルバート様に同意します。

「あまり、お話ししたことはありませんが、悪い人ではないように思えました。なんと言いますか、優しそうなお兄さん、という印象を受けましたね」

ロウト伯爵令息はお姉様と同い年です。同じ学園に通っているので、たまに食堂で見かけることがあります。爽《さわ》やかな学級委員長といった感じで、いつも人に囲まれていました。

「アンナの死に関わっていると思われる人物で、現時点で関わりがないのは、ロウト伯爵令息だけか？」

「記憶している限りではそうです」

「家に帰って、父や母にロウト伯爵令息のことで何か変な噂がないか確認してみる」

「ありがとうございます」

社交場やお茶会などは、人の噂に花が咲きますし、何か変わった噂があれば話題に上《のぼ》っていることでしょう。

「私もお姉様に聞いてみたほうが良いですか？」

「嫌な思いをするだけだろうからやめとけ」

「そうですね。ありがとうございます」

話をしていると、担任のシモン先生がやってきました。

最後に教室を出る人が職員室に鍵《かぎ》を返しに行くのですが、今の時間になっても鍵が返ってこないので、気になってやってきたそうです。

お姉様がエイン様を連れてやってきた話をすると、シモン先生は手を合わせて謝ります。

「ごめんなさいね。エインくんには、他のクラスに行くのは悪いことではないけど、あなたには婚約者がいるんだから、婚約者を大事にしなさいと言ったのよ。あなたのお姉さんには気に食わないことだったのね」

「先生は悪くありません。お姉様は私の思う通りになるのが嫌なんです。どんな言い方をしても怒るだけです」

「力になれなくてごめんなさい」

あまり強く言うと、『うちの子を叱るな！』なんて文句を言ってくる親もいると聞いています。ですから、先生がキツく言えなかったのは理解できます。

「先生、本当に気にしないでください。それよりも、先生に苦情が行ったら申し訳ございません」

「そのことは気にしなくていい」

アデルバート様は私にそう言ったあと、先生に話しかけます。

「シモン先生、今回の件は家に帰ったら学園長に話しておきます。アンナの家やフロットル伯爵家から苦情が来ても心配しないでください」

「……ありがとう。生徒に心配してもらうなんて情けない先生よね」

表情を曇《くも》らせた先生を元気づけたあと、話の途中ではありましたが、下校することにしたのでした。

◆◇◆◇◆

「騙したのね！」

家に帰るなり、玄関で待ち構えていたお姉様は、持っていたシルバートレイで私を何度も叩いてきました。シルバートレイというのは、メイドがお茶やお菓子を運ぶ時に使っている丸いトレイです。

「許せない！　アンナの分際《ぶんざい》で！」

「……っ！」

子供の力ですが、叩かれれば痛いです。

「エイン様は、アンナは自分のことなんて好きじゃないって言っていたわ！　この嘘つき！」

さすがのお姉様も気づきましたか。何も考えていないだろうと馬鹿にしすぎていました。

私は頭と顔を守るため、必死に手や腕で防御します。周りにいる使用人や兵士は、お姉様の癇癪《かんしゃく》が始まったと思っているのか、止めもせずに傍観《ぼうかん》しているだけです。

お姉様に手や腕をバシバシと叩かれながら考えます。この暴力は、命を守るための証拠を作れるのではないでしょうか。

「痛いです、ごめんなさい！」

泣き真似《まね》をしていると、息を荒くしたお姉様は疲れたのか、叩くのをやめて去っていきました。

部屋に戻ったあとも、叩かれた腕や手首の痛みが収まらず、勉強に集中できませんでした。

きっと、これは私にとって良い方向に動くはずです。そう信じて、なかなか引いてこない痛みに耐えたのでした。


次の日の朝、腕を確認してみると、私の思い通り、たくさんの青あざができていました。

制服は自分で着替えますし、長袖《ながそで》シャツのため、家の人間には気づかれずに学園に向かい、私はシモン先生に助けを求めました。

青あざを見た先生は血相《けっそう》を変えて、私を学園の医務室に連れていき、常駐《じょうちゅう》の先生に診てもらうように手配してくれました。

緊急の職員会議が行われ、家族が私を虐待《ぎゃくたい》していると認識されました。確認をされた両親は子供の喧嘩だと言い張りましたが、それを止めなかった使用人たちの対応もありえないことです。

お姉様が持っていたシルバートレイは有名な商品らしく、対象年齢が15歳以上のものでした。そのため、どうして9歳のお姉様に買い与えたのかということも問題になりました。

先生たちは、このようなことがまた起きて、次は命を奪われてしまう可能性もあると判断したため、虐待されている子供を守るための支援団体に連絡を入れてくれました。

その後、両親は厳重注意、お姉様は10日間の謹慎処分を受けました。私は貴族の子供ばかりが集められている私設の保護施設に預けられ、そこから学園に通うことになったのでした。

施設に保護されてからは、家族やエイン様たちと関わることはなくなりました。というのも、家族は自分たちのことで精一杯で、私にかまっている余裕がなかったからです。

先生たちには守秘義務がありますので、生徒の家庭の話を外部に出すことはできません。ですが、アデルバート様を含むクラスメイトの親たちが社交場で、自分の子供が聞いた話として私の家族の話をしてくれたのです。

瞬《また》く間に話は広がり、多くの貴族に行き渡りました。お父様たちは噂の火を消すために必死になりました。

屋根裏部屋で暮らしていただなんて、アンナの嘘だと言い張り、お姉様からの暴力についても、兵士や使用人たちが報告しなかったから、自分たちは知らないと言ったそうです。

普通ならば大人の言うことを信じるでしょう。ですが、私は賢い子供として有名です。大人の言葉よりも、賢い子供の言葉を信じる人が多数だったのです。

苦肉の策として、両親は多くの使用人や兵士を解雇しました。突然解雇された使用人たちは、お父様たちを訴えようとしましたが、裁判をするには費用がかかります。それに勝てたとしても、一生暮らしていけるようなお金がもらえるわけではありません。子供が虐待されているのに見て見ぬふりをしていたという不利な点もありますので、解雇が不当かと言われると、そうでもないと判断したそうです。

使用人や兵士たちはその後、実家や奥さんに養ってもらいながら、新たな職を探しているとのことです。

紹介状がないどころか、虐待を見て見ぬふりをしたことが知れ渡っていますから、雇《やと》ってくれる貴族がいるはずもなく、使用人や兵士にはもう二度と戻れないだろうと、保護施設の職員の人が教えてくれました。

2章　お返しさせていただきます！

時は過ぎ、私は13歳、アデルバート様は16歳を迎える年になりました。

6年の間、巻き戻る理由はわからないままでしたが、クラスメイトとの親交を深めながら、楽しい学園生活を送れていました。

これからもこんな日々が続くように祈っていたのですが、そう上手くはいきませんでした。


新学年が始まる前に動きがあり、エイン様とお姉様が婚約を解消し、お姉様はロウト伯爵令息と再婚約したという情報が入りました。

エイン様とお姉様の婚約がなかなか解消されなかったのは、お姉様の婚約者選びに時間がかかったからだそうです。

フロットル伯爵家がお姉様との婚約を破棄しなかったのは、エイン様の評判が悪くなり、新たな婚約者が来てくれないと予想されたからです。どうしてもフロットル家は自分の家の血を絶やしたくないらしく、評判の悪い相手であっても、貴族の血が流れる婚約者が必要だったのではと言われていました。

ということは、エイン様にも婚約者が見つかったのでしょうか。それに、ロウト伯爵家はどうしてお姉様との婚約を認めたのかも謎ですね。

なんて考えてみたものの、エイン様たちがどうなろうが知ったことではありません。それに、私にとって大きな問題は別にありました。

今まで、何も言ってこなかった両親が、私と共に暮らしたいと言い始めたのです。

施設では双方が希望すれば、家族との面会はできます。今まではお互いに希望していませんでしたが、最近になって面会を求めてきたので、私は拒否しました。

すると、両親から今までの仕打ちについて謝罪する手紙が届いたのです。そこには、『本当に後悔している。家に戻ってきてほしい。家族4人で仲良く暮らそう』と書かれていました。

私はその手紙を見せて、「家に戻りたくありません」と施設の職員に訴えました。

職員の人がため息を吐いて言います。

「本当に反省しているのかと思って、子供を家に戻しても、また、同じことを繰り返す親が多いの。だから、あなたに家に帰ったほうが良いなんて言わないわ」

「こんなことを言ってくるのは、何か目的があると思うのです。それに元々、帰るつもりもないですし、帰ってこいだなんて言われると余計に帰りたくなくなります」

「念のため、絶対に1人にならないようにしてね。シモン先生にも連絡しておくわ」

「ありがとうございます。気をつけます」

私の学費は学力のおかげで免除されていますし、この施設を運営しているのは、とある公爵閣下です。資金不足になることはなく、贅沢《ぜいたく》はできませんが、実家にいた頃よりも良い生活を送らせてもらっています。このまま無事に生き抜いて、私を助けてくれた皆さんに恩返しをするには、長く生きなければなりません。

家族が何を考えているかはわかりませんが、警戒《けいかい》する気持ちを強めたのでした。

◆◇◆◇◆

2年ほど前から、アデルバート様は子供だった頃の可愛さはなくなり、今では長身痩躯《そうく》の美少年になりました。私のほうも食事をしっかりとれるようになったので、標準体重よりも少し痩せているという体形です。

この6年の間に、私とアデルバート様はかなり仲良くなりました。巻き戻っている人間同士だから生まれた絆《きずな》というものでしたが、クラスメイトはそうは思っておらず、

「付き合ってるの？」

と言われるようになりました。

私たちの事情を知らない、アデルバート様のお父様からも、

「息子の婚約者になってくれないか」

とまで言っていただいたのです。

とてもありがたい申し出ではありましたが、私の頭の良さは本当のものではありません。何度も繰り返しているからの知識ですし、婚約するとなれば両親の許可が必要になりますので、連絡を取るのは絶対に嫌です。施設に入っているので、公爵閣下に保護者代理をお願いしても良かったのですが、ご迷惑をおかけするのも嫌で、辞退させてもらいました。

アデルバート様と婚約して結婚できれば、今までの人生とは全く違ってきますから、惜しいことをしていますよね。アデルバート様は、

「気が向いて婚約しても良いと思ったら、言ってくれ」

と、言ってくれました。

ですので、私が学園を卒業する時に、その言葉がまだ有効であればお願いします、という話で、今のところは終わっています。もちろん、それまでにアデルバート様に婚約したいと思う人が見つかれば、無効になるという話もしています。

始業式の日の朝、掲示板で同じクラスであることを確認したあと、アデルバート様と一緒に

教室に向かいながら、両親から連絡が来たことを話しました。

「アンナの両親は、俺がアンナとの婚約を望んでいることを知ったのかもしれないな」

「そうかもしれません。気を遣《つか》っていただいているだけですのに、ご迷惑をおかけして申し訳ございません」

「気を遣ってるわけじゃない。そのほうがお互いに都合が良いだろ」

「待っていただけるのはありがたいんですが、アデルバート様はもうすぐ社交界デビューですし、パートナーが必要になってくるかと思いますけど、そちらはどうされるのですか？」

「1人で出席するだけだ」

アデルバート様の女性不信は相変わらずです。

事故死の時もありますが、大半が女性に逆恨《さかうら》みされて殺されていますから余計にでしょう。アデルバート様も同じ人に殺されないようにしていたから、毎回死因が変わっていますしね。

全ての女性が苦手なわけではないので、学園生活もそこまで大変ではないようです。でも、社交界となると、婚約者がいない今の状態では、我こそ婚約者にという女性が、アデルバート様に群《むら》がるのではないかと心配です。

そう思うと、やはり、婚約のお話を受けるべきでしょうか。でも、そうなると、お姉様が奪おうとするかもしれません……！

「そういえば、ミドルレイ子爵家から釣書《つりがき》が来た」

「……ミドルレイ子爵家？」

聞き覚えがあります。なんの話で覚えているのか記憶を探ろうとしていた時に、背後から声をかけられました。

「おはよう」

振り返ると、そこには爽やかな笑みを浮かべた、ロウト伯爵令息が立っていたのです。

「久しぶりだね」

ロウト伯爵令息は、後ろで1つにまとめた金色の長い髪を揺らしながら近づいてくると、私に話しかけてきました。

「おはようございます。お久しぶりです。お姉様とのお話は聞いております。婚約、おめでとうございます」

私にとってはどうでも良いことですが、一応、義理の兄になる方です。一般的な挨拶は必要だと思い、カーテシーをしました。

今までの人生では、お姉様とロウト伯爵令息は卒業してすぐに結婚しました。そして、その1年後に今のロウト伯爵が亡くなり、跡を継いだのです。ロウト伯爵の死因は、どの人生でも病気でお亡くなりになったという記憶しかありません。

……そうです。ロウト伯爵を助けたらどうなるのでしょうか。今までは自分やエイン様、お姉様のことしか考えていませんでしたが、これも新しい選択肢です。

そんなことを考えていますと、ロウト伯爵令息が言います。

「ありがとう。挨拶ができなかったから、今、話せて良かったよ」

「家庭の事情でご挨拶が遅れてしまい申し訳ございません」

「しょうがないよ。色々とあるみたいだからね」

ロウト伯爵令息は苦笑して首を横に振りました。

「あの、私に何か御用《ごよう》でしょうか」

ロウト伯爵令息はお姉様と同い年です。１つ下の学年は私たちとは校舎が別ですので、わざわざ私に話しかけに来たのだと判断して聞いてみました。

「用っていうか、君は僕の妹になる人だから、ちゃんと挨拶しておきたかったんだ」

「それはどうもご丁寧《ていねい》にありがとうございます」

一礼したあと、ちょうど良い機会なので気になっていたことを尋ねてみます。

「あの……、せっかく、ご挨拶に来ていただいたのに、失礼な質問をしてもよろしいでしょうか」

「何かな」

ロウト伯爵令息は笑みを絶やさぬまま、首を傾《かし》げました。許可が下りましたので遠慮《えんりょ》なく聞かせてもらうことにします。

「どうして、お姉様と婚約したのですか？」

「どういうことかな？」

「そのままの意味です。お姉様と婚約するメリットがあるようには思えないのですが」

ロウト伯爵令息は目を瞬かせたあと、なぜか声を上げて笑い始めました。

「笑うような話をしたつもりはないのですが」

「ご、ごめんね。あはは。仲が悪いっていう話は本当なんだなって思ってさ」

「お姉様が叩いたことがきっかけで、私が施設に入ったことをご存知《ぞんじ》ないのですか？」

「もちろん、知っているよ。だけど、ミルーナはとても優しい子なんだ。君を叩いてしまったことをとても反省しているんだよ。それに、もう、6年も経っているじゃないか。だから、許してあげてほしいんだけど、駄目かな？」

「……申し訳ございませんが、ご期待に沿うことはできかねます」

冷たい口調で答えると、ロウト伯爵令息は眉尻を下げて頷きます。

「そうだよね。本当にごめんね。そんなに簡単に許せることじゃないよね。でもさ、ミルーナは僕に会うたびに、後悔しているって泣いているんだよ」

「ロウト卿、自分の教室に行ったほうがいいんじゃないのか」

アデルバート様が促《うなが》すと、ロウト伯爵令息は慌てた顔になりました。

「そうですね。呼び止めてしまい申し訳ございませんでした。じゃあ、アンナ、またね」

「お姉様とお幸せに」

もう、関わり合いになりたくありませんので、私は「また」という言葉を返す気には、どうしてもなりませんでした。

「わざわざ、追いかけて挨拶に来るなんておかしくないか」

「どうしても、私と話がしたかったのでしょうね」

姿が見えなくなると、先ほどのロウト伯爵令息の言葉を思い出して腹が立ってきました。

「お姉様が優しいだなんて信じられません！　泣いているのだって嘘泣きに決まっています！」

「それだけ上手な演技をしているってことだろうな。マイクス侯爵令息だって騙され続けているようだし」

「その演技力を良いことに使っていただきたいですね！」

「アンナ、俺たちも時間がないし急ぐぞ」

「はい！」

ロウト伯爵令息に時間を取られてしまいましたので、私たちは急ぎ足で教室に向かったのでした。

それから数日の間は、穏やかな学園生活を送っていました。でも、週末の放課後にシモン先生から職員室に来るように呼び出された時は、嫌な予感がして、警戒しながら先生の元に向かったのです。

「渡してくれと言われたから渡すだけで、受け取りたくないなら受け取らなくてもいいのよ」

そう前置きしてから、シモン先生はたくさんの名前が書かれた紙を私に見せてくれました。

「これは、なんなのでしょうか？」

「あなたのご両親が、娘と暮らしたいと言って署名《しょめい》を集めたらしいの。しかも、貴族にではなく、自分の領民に訴えたのよ」

紙を受け取って見てみると、私を保護施設から親元へ戻せという嘆願書《たんがんしょ》でした。

「領民の人は事情を知らないのでしょうか」

「知っているはずだけど、6年も経ったのだから、反省しているなら許してあげれば良いと思っている人もいるみたい。どんな事情であれ、子供は親と暮らすべきだという人も少なからずいるの。多くはきっと、お金で買ったんじゃないかと思うけどね」

「まさか、こんなことまでしてくるなんて思ってもいませんでした。両親を見張っておかなかった私のミスです」

「アンナさん。心配しなくて大丈夫よ。署名が集まったからって家に帰る必要はないわ」

「シモン先生」

私には心配しなくて大丈夫と言いつつも、不安そうな顔をしている先生に、両親や、自分自身の対応の甘さに対する苛立ちを抑えて言います。

「私が何があっても実家に帰りたくないと願って、そのための署名を集めた場合、ここに集められた署名の数を超えることができるでしょうか」

「できると思うわ。私だって署名するし、他の先生だって署名すると思うわ。それに貴族の多くはあなたの味方よ。他の領民だって話を聞けば、多くの人が署名してくれると思うわ」

「ありがとうございます」

両親がどうしてここまで私と一緒に暮らそうとしているのかはわかりません。ですが、数にものを言わせようとするのでしたら、こちらはより多くの反対意見を集めればいいだけです。6年も経てば人は変わると思う気持ちもわからなくはないですが、あの両親が変わるとは思えません。

下校した私は、早速施設の職員に相談して署名集めを開始しました。次の日は学園が休みでしたが、アデルバート様に連絡すると、シモン先生が学園長に話をしたので、すでにローンノウル侯爵が動いていると教えてくれました。

ニーニャたちクラスメイトもそれぞれの両親に働きかけて、休みの日だというのに、私のところに来て集めた署名を手渡してくれました。

「……ありがとうございます！」

感動して涙を浮かべた私に、クラスメイトは気を遣わせないようにするためか、

「出世払いでいいよ」

「今度勉強を教えてね」

と笑顔で言ってくれました。

今までの人生で、私はなるべく人と関わらないようにしてきました。それが、楽だと思っていたんです。でも、人との関わりでこんなにも心が温《あたた》かくなる時があるのだと、11回目の開き直った人生で、初めて知ることができたのです。

休みの間に署名をしてくれた人の数は、両親が集めたものを超えました。後日、その紙の束《たば》を持って、施設長でもあるボス公爵閣下が、両親の元に行ってくれました。

帰ってきた公爵閣下に話を聞くと、

「親もどきの顔面に投げつけてきたから、心配するな」

と微笑んで教えてくれました。

公爵閣下に投げつけられたのでは、両親ももう何も言えないでしょう。そう考えていると、30代前半ではありますが、20代前半にしか見えない見た目が美青年の公爵閣下は、私の頭を撫《な》でて言います。

「施設長が私だということを忘れていたらしく、私を見て青ざめていた。舐《な》めた真似をしてくれたものだ」

公爵閣下は笑みを浮かべていましたが、目が笑っていないことがわかります。こうなってしまうと、署名を集めずとも、公爵閣下に相談すれば良かっただけにも感じますが、私は私なりの収穫《しゅうかく》がありましたから、良しということにします。

そして、次の日から、公爵閣下とローンノウル侯爵が、ディストリー伯爵家に対して経済的な圧力をかけ始めたのでした。

公爵閣下は、自分の施設にいる子供の親が、相談もなく勝手なことをしたのに怒っておられますから、まだ理解できます。なんの関係もないはずのローンノウル侯爵家が、一緒に制裁を加えようとしたので、他のクラスメイトの両親も有志一同として動いてくれました。

登校して朝礼が始まるまでに、改めてクラスのみんなにお礼を言うと、伯爵令嬢のミルルンが笑顔で言います。

「アデルバート様とアンナは仲が良いけど、婚約者じゃなくて友人だものね。なら、同じく友人の私たちが動かないわけにはいかないわ！」

この6年の間、クラスメイトが変わることはなかったので、友情が育《はぐく》まれ、ニーニャ以外の2人も今では親友と言って良いくらいに仲良しです。

「本当にありがとうございます」

人生を重ねることで神経は図太《ずぶと》くなっているはずなのに、感動するとすぐに泣いてしまいそうになります。

これが年を取ったということでしょうか。

「公爵閣下が出てきたんだし、もう、何も言えなくなるとは思うけど、アデルと婚約したほうが、アンナにとっては楽なんじゃないか？」

男子生徒の1人に言われ、なんと答えれば良いか迷っている間に、今年も担任をしてくれるシモン先生が入ってきたので、会話をやめたのでした。

◆◇◆◇◆

公爵閣下が最初にしたのは、ディストリー伯爵家と取引《とりひき》している業者の全てを把握《はあく》することでした。

水は井戸から汲《く》んでいるので影響はありませんが、食料や日用品などは、業者が少なくとも3日に一度は出入りしていました。その業者を調べ上げた公爵閣下は、業者と話してディストリー伯爵家との契約を解除させ、ボス公爵家と契約するようにしたのです。

ディストリー伯爵家に届けられていた食料は、私たちの食事やボス公爵家の使用人のまかないにあてられ、日用品も同じように分け与えられることになりました。

運ぶ手間《てま》が増えても、その分、公爵閣下がディストリー伯爵家よりも高値《たかね》で買い取ってくれるため、業者も喜ぶ形となったのです。

いつも届いていた食料などが届かなくなり、両親は慌てて、新たな契約を結ぼうと業者を探しました。ですが、ディストリー伯爵家とボス公爵家が不仲だという噂は、平民の間にもすでに広まっていましたし、ローンノウル侯爵家などから、ディストリー伯爵家と取引するなら今までの契約を考える、とまで言われていたため、契約してくれるところはありませんでした。

その結果、お父様は料理人たちを全て解雇して、毎食、外食をしていると聞いています。

お姉様のみは、学園にいる時の昼食を食堂で購入しているようです。メイドたちもまかないが出なくなったし、多くの貴族を敵に回したディストリー伯爵家は終わりだと察したのか、推《すい》薦状《せんじょう》をもらって退職しているとのことでした。

そんなある日、お母様が勝手にライバル視しているレイガス伯爵夫人から、私はお茶に誘っていただきました。

そして、約束の日は送迎の馬車や護衛までつけていただき、レイガス伯爵家の中庭でお話しすることになったのです。

お誘いいただいたことへのお礼を述べると、早速レイガス伯爵夫人が本題に入りました。

「あなたのお母様の話と、ミドルレイ子爵家の噂をお伝えしたかったの」

「……ミドルレイ子爵家？」

一瞬、なんの話かと思いましたが、ミドルレイ子爵家がアデルバート様に、娘のビアナ様の釣書を送っていたのを思い出しました。

ロウト伯爵令息や両親のことで、すっかり忘れてしまっていました。アデルバート様から話を聞いた時、ミドルレイ子爵家について聞き覚えがあると思っていたのに、思い出せずじまいです。

「失礼しました。ミドルレイ子爵家の方とは、直接お会いしたことはありませんが、お話は聞いたことがあります」

「思ったよりも反応が薄いわね。……ということは、あなたはミドルレイ子爵令嬢にあまり興味はないのかしら」

「興味がないわけではないのです。気になることがあるのは確かなのですが、でも、それが何か思い出せないんです」

「アデルバート様の婚約者候補だからというわけではなく？」

「それもありますが、また別の問題だと思います」

アデルバート様の婚約者候補の方ですし、良い人だと聞けば、その方と婚約したほうが良いと言わざるを得なくなります。

それが嫌だと思うのは、わがままますぎますよね。そんなことだから、ミドルレイ子爵家には何かあったと思おうとしているのでしょうか。

「では、ミドルレイ子爵家の話はあとにしましょう。まずは、あなたのお母様のお話からさせてもらうわね」

レイガス伯爵夫人は頬に当たるストレートの長い紫色の髪を背中に払ってから、続きを話し始めます。

「なぜかわからないけれど、私のことを嫌っているのよね」

「きっと、レイガス伯爵夫人がお美しいからだと思います」

お世辞《せじ》は抜きにして、レイガス伯爵夫人はスタイルが良く、とても整った顔立ちをしているため、きっと結婚前から異性に人気が高かったのでしょう。お母様はそれに嫉妬《しっと》しているのかもしれません。

「嬉しいことを言ってくれてありがとう」

柔らかな笑みを浮かべて、レイガス伯爵夫人は話を続けます。

「今、あなたの実家が大変なことになっているのは知っているわよね？」

「はい。使用人がどんどん辞めているそうです」

「そうね。だから、最近のあなたのお母様は、お茶会の噂を聞きつけると、なんとか呼んでもらおうと必死なの」

「……ど、どういうことなのでしょうか」

「助けてもらおうとしているみたいよ」

「助けてもらう？」

「ええ。ボス公爵家とどうにかして連絡を取りたいみたいね」

どうして、公爵閣下と連絡を取るために、お茶会に行こうとするのでしょうか。

少し考えてから、答えを思いついて口にします。

「ボス公爵夫人と仲良くなろうとしているのでしょうか」

「そういうことだと思うわ。公爵閣下のことだから、あなたのお母様の動きに気づいていないわけがないことはわかっているの。なら、なぜ、私があなたをここに呼んだのか、なんだけど」

レイガス伯爵夫人は言葉を区切ると、温和な笑みを消して厳しい表情で口を開きます。

「あなたが学生の間は、多くの人が助けてくれるでしょう。でも、卒業したら別だわ。あなたのお母様の執拗《しつよう》さを私は身をもって知っているの。だから、あなたに提案したいことがあるの」

「提案ですか」

どんなものかはわかりませんが、敵は同じですから、私にとって悪い話ではなさそうです。

「ローンノウル侯爵夫人から話を聞いたのだけど、あなたはアデルバート様から婚約を申し込まれているのよね」

「……はい」

「婚約関係を結ぶには親の許可が必要だから、躊躇《ちゅうちょ》しているというのは本当かしら」

「本当です」

頷くと、レイガス伯爵夫人は大きなため息を吐きます。

「私は今まで、あなたのお母様のせいで嫌な思いをしてきた分のお返しがしたいのよ」

そして、レイガス伯爵夫人は笑みを浮かべると、こう言ったのです。

「うちの子にならない？　あなたのメリットは嫌な両親と縁《えん》が切れること。私のメリットはあの女に精神的な苦痛を味わわせることよ」

レイガス伯爵夫人の様子から、お母様が余程酷いことをしたのだということが伝わってきました。

「ありがたい申し出ではありますが、そこまでしていただく理由がわかりません。よろしければ、母とどのようなことがあったのか詳《くわ》しくお聞かせ願えませんか」

お願いすると、レイガス伯爵夫人は私のお母様がした、人として最低なことを話してくれたのでした。

お母様のした学生時代の嫌がらせは、陰口《かげぐち》を叩いたり、嘘の噂を流したりと、レイガス伯爵夫人にしてみればくだらないもので、相手をする気にはならなかったとのことでした。

お母様が嫌がらせの域を超えてしまったのは、レイガス伯爵夫人になってからだそうです。

レイガス伯爵夫人はお母様よりも早くに結婚したので、それが気に食わなかったお母様はお父様との結婚を早め、レイガス伯爵家よりも盛大な式を挙げたのだそうです。

「それまではくだらないことだと思って気にしなかったの。盛大な式を挙げようが挙げまいが、幸せになるかどうかは別だから。それよりも許せなかったことがあったの」

「何があったのですか?」

「私にはメルルという親友がいたの。メルルの母親が私の家のメイドをしてくれていて、同じ年だからと、両親はメルルと私を遊ばせてくれていたの」

親友がいた、という言葉が引っかかりましたが、口を挟《はさ》まずに先を促すと、レイガス伯爵夫人は一呼吸置いてから、話を続けます。

「主人とは当初から上手くやれていたし、そのうち、子供が生まれて幸せな日々を送っていくものだと思っていたの。でもね、ある日、社交場で私の夫とメルルが逢引《あいび》きしているという噂が流れていることを知ったの」

「レイガス伯爵夫人はどうやってその噂を知ったのですか？　匿名《とくめい》の誰かが密告してきたとかですか？」

あなたの旦那《だんな》様がメイドと浮気《うわき》しているという噂が流れていますよ、なんて、普通の人は言いにくいはずです。言えるとしたら、余程親しい方と思うのですが――

「教えてくれたのは、あなたのお母様よ」

「……申し訳ございません」

「あなたが謝ることじゃないわ」

レイガス伯爵夫人は、肩を落とした私を見て苦笑します。

「話を続けるわね。私はすぐに他の友人に確認したの。そうしたら、噂が流れていることは確かだけれど、誰もそんなところを見たことはないし、どうせ、あなたのお母様の嫌がらせだろうと思って無視していたそうなの。私もそうだと思ったけれど、一応、夫に確認してみたわ。

夫はそんなことはしてないと否定して、本格的に噂の出どころを確かめることにしたの」
レイガス伯爵夫人はメルルさんにも噂が伝わるだろうと思い、旦那様であるレイガス伯爵と相談して、メルルさんとレイガス伯爵の噂が流れているという話を伝えたそうです。『わたくしが奥様を裏切るわけがございません！』と、メルルさんがそうはっきりと言ってくれたのもあり、噂は作られたものだとレイガス伯爵夫人は確信して、夫と親友を信じました。

これからどうしていくかを考えていた時に、ある事件が起きたのです。

「ある日、メルルが自ら命を絶ったの」

レイガス伯爵夫人の目から涙があふれ出し、頬に流れました。流れる涙をそのままに、レイガス伯爵夫人は続けます。

「遺書《いしょ》が残っていて、私に対しての謝罪ばかり書いてあったの。死んだのは私のせいだと、メルルの母から責められたわ。元気がないのはわかっていて、気にかけていたの。でも、大丈夫だとメルルは笑ってくれていた。……彼女がそこまで苦しんでいたことは、亡くなって初めて知ったの」

「嘘の噂が広まったとはいえ、それはレイガス伯爵夫人のせいではありません。信じていると伝えていたのでしょう？　それなのにどうして」

「私が……っ、メルルと夫の浮気を疑っていて、メルルを憎んでいる、とっ、伝えた人がいるの。そんなことは……っ、絶対になかったのに！」

私はメルルさんと面識はありません。でも、レイガス伯爵夫人の涙を見て、一緒に泣いてしまいそうになるのを堪えます。

それにしても、一体、どういうことなのでしょう。どうして、メルルさんは命を絶ってしまったのでしょうか。

嗚咽《おえつ》を上げて泣き始めてしまったレイガス伯爵夫人を見つめ、ハンカチを差し出そうとした時、頭に浮かんだものがありました。

「まさか、お母様が関与しているのですか？」

尋ねると、レイガス伯爵夫人は何度も頷き、時間をかけて話をしてくれました。

お母様がメルルさんに直接話をしても、お母様のことをよく思っていないメルルさんが信じるわけがありません。メルルさん亡きあと調べた結果、メイド仲間をお母様が買収していたことがわかりました。買収されたメイドはメルルさんに、

『あなたの前では言わないけれど、奥様はあなたと旦那様が浮気していると思っていて、あなたを憎んでいる。そのせいで夫婦喧嘩を毎日しているわ』

と言ったそうです。

最初は信じていなかったメルルさんでしたが、

『死んでほしいくらいに憎んでいるだなんて、本人に正直に言えるわけがないでしょう』

と言われ、心が追い詰められてしまったのです。

「買収されたメイドは、お母様からそう言えと言われたと話したのですよね。それなのに、警察に証言してくれなかったのですか？」

「警察署に向かう途中で馬車が襲われたの。たくさんの死傷者が出たわ。そしてその時に、メイドの姿が消えてしまった。10年以上経った今も行方不明よ」

「……ということは」

人知れず消された可能性が高いですね。

私は口には出しませんでしたが、夫人はわかってくれたようでした。

「メイドが失踪《しっそう》したことで、私がメルルを殺し、それを知ったメイドも殺したのだろうと、誹《ひ》謗中傷《ぼうちゅうしょう》されるようになったわ。でも、私はそんなことはしていない！」

夫人は叫び、顔を両手で覆《おお》いました。

無実であることを証明するために、行方不明になったメイドを必死に探したそうですが見つかりませんでした。

証人がいないため、お母様を告発できないでいるうちに、お母様のお腹に命が宿ったそうです。

レイガス伯爵夫人はメルルさんのことで精神的に参っていて、お子さんができなかったそうで、お母様は勝ったと思ったのでしょうか。

『子供を生まないなんて親不孝者ね』

お母様はとある日の社交場で、レイガス伯爵夫人にそう言ったそうです。

『子供を生めない人もいるし、生まない人もいるわ。人を貶《おとし》めようとする人のほうが親不孝者だわ』

『そんなことはないわ。跡継ぎを生まないことが一番の親不孝だわ』

言い返されたお母様は、そんな言葉を吐いて去っていったそうでした。

お姉様が生まれたあと、跡継ぎになる男の子がほしかったというのは、家のためかと思っていました。でも、実際は男の子を生んで、レイガス伯爵夫人にマウントを取りたかっただけかもしれません。本当にくだらない生き方をしているなと思いました。


話し終えて少し経つと、気持ちが落ち着いたのか、レイガス伯爵夫人は苦笑して言います。

「取り乱してごめんなさいね。私はあの女に復讐《ふくしゅう》したい。復讐の手段として、あの女がいらないと言った娘が本当はどれだけ優秀な娘か、知らしめて後悔させてやりたいの。あなたに失礼なことを言っているのはわかっているわ。でも……」

「かまいません。私を利用してください」

私は迷うことなく、力強い口調で答えました。

「……本当に良いの？」

「レイガス伯爵夫妻が私の両親になってくれるのであれば、アデルバート様との婚約もできますし、ディストリー家と縁が切れるメリットがあります。娘にしていただけましたら、あんな子だなんて、二度と言わせないような優秀な娘になってみせます」

「そんな……、アンナという名前は……」

レイガス伯爵夫人は、アンナの名の意味に気づき、涙を流してくれたのでした。

私の名前の由来は、あまり思い出さないようにしていました。

私に名前をつけてくれたのは両親ではありません。私が生まれてすぐに名前をどうするか聞かれたお父様は、『あんな子供はいらん！』と叫び、お母様も『捨ててもいいくらいなのに名前は必要？　あれ、とか、これ、とかでいいんじゃない？』と言ったそうです。

そんな風に言われた私を可哀想《かわいそう》に思った当時の執事《しつじ》は、『アンナ』という名前が流行《はや》っていたことと、とても可愛らしい名前とも感じて、アンナと名付けてくれたのだと、退職する時に教えてくれたのでした。

話を聞いた時は、どうしてそんな嫌なことを話すのかと思いました。でも、今思えば、執事は家族に情をかける必要はないと言いたくて教えてくれたのでしょう。

裁《さば》かれなかった罪を明るみに出さなければなりません。

そして、今までの人生ではできなかった、家族へのお返しを、今回の人生ではさせていただくことにします。


施設に戻って職員に相談してみたところ、公爵閣下と話したほうが良いと言われました。もちろん私も、言われずとも話す気でいましたので、時間を取ってもらうことになりました。

レイガス伯爵が連絡を入れてくれたこともあり、公爵夫妻と夕食をご一緒させていただいたあとに、昼に聞いた話をしました。

「レイガス伯爵夫人の件は、一部の過激な人が攻撃していたと聞いていますわ。そして、その過激な人というのがディストリー伯爵夫人だったわけですわね」

対面に座る公爵夫人はそう言うと、頬を膨《ふく》らませました。

ボス公爵夫人であるウェナ様は、ウェーブのかかった金色の髪を持つ、10代後半にしか見えない小柄で可愛らしいお方です。実年齢は30代前半ということですので、夫婦揃《そろ》って年齢よりもお若く見えます。

頬を膨らませるという行為は、普通の淑女《しゅくじょ》であればしない行為ですので、気が置けない人の前でしかしないそうです。その姿はとても可愛らしいので、周りは嫌な気分にはなりませんが、いつも公爵閣下から注意されています。

「ウェナ様はレイガス伯爵夫人と親交があるのですか？」

「実は、わたくしたちも、なかなか子供ができなかったんですの。レイガス伯爵夫人とは同じ悩みを持つ者として、何度かお話をしましたわ。……そう言われてみれば、ディストリー伯爵夫人はそれをわかっていて、わざわざ大きなお腹を見せに来てくれましたわね！」

「悩んでいる人にわざわざ見せつけるのですか」

呆れ返ってしまい、声のトーンがいつもよりも低くなってしまいました。

どうしたらそんな酷いことができるのか理解できません。

「ディストリー伯爵家でアンナが生まれた1年後に、私たちの間には子供ができたけれど、レイガス伯爵夫人は結局……」

ウェナ様は俯《うつむ》いて、言葉を止めてしまいました。

「……子供ができなかったのですか」

「そうなんだ」

ウェナ様の代わりに公爵閣下が頷きました。

……おかしいです。いえ、おかしいというよりも、今までと変わっています。今までは10回ともレイガス伯爵夫妻には子供がいました。それなのに、今回はいません。

お母様は、弟を生んだり生まなかったりと、その都度違っていました。だから今回、弟ができなくても気にしていませんでした。

弟も毎回嫌な性格に育って、私のことを陰でクズだのゴミだの言うような子に育ったからです！　もし、弟が生まれていたら、私はもっと酷い目に遭《あ》っていたでしょう。

お母様が今回、弟を生もうとしなかったのは、また女の子が生まれては困るからだと思っていましたが、お母様のほうで生まなくても良くなったのかもしれません。

親友でもあったメルルさんが亡くなってから、色々なストレスのせいで子宝に恵まれず、レイガス伯爵夫人が最終的には子供を諦めたから――

私ができた頃はまだ、レイガス伯爵夫妻は子供を諦めていませんでした。だからお母様は男の子を生んで、自分は親孝行な娘であり、嫁《よめ》であると、レイガス伯爵夫人に見せつけたかったのかもしれません。

それなのに、生まれてきたのが私でした。そして、もう1人生まなければならないと考え始めた時に、レイガス伯爵夫妻が子供を諦めてしまったのでしょう。お母様は、跡継ぎについてはお姉様の夫を婿《むこ》入りさせるか、親戚の子供に継がせようと考えたのかもしれません。

「どうしてお母様はそこまでして、レイガス伯爵夫人に執拗に絡んでいたのでしょうか」

ただ、気に食わない、それだけでここまでするとは思えなくなってきました。

「アンナ、君は苦労してきたんだろうな。年の割に考え方や口調がなんというか……、お年寄りに近いというか」

言いにくそうにしている、公爵閣下に微笑みます。

「アンナ婆《ばあ》さんという愛称はいかがでしょうか」

「アンナはまだ13歳で子供だろう。婆さんは違う。……だが、中身がそうだと言われても納得できるところはあるな」

さすが公爵閣下ですね。巻き戻っている話をしていませんのに、なんとなく感じ取っているようです。まさか、内面が公爵閣下よりも年上だなんて思ってもいないでしょうけれど。

「それよりも、何か私に言おうとしていらっしゃったのではないですか？」

「ああ。大人びているから、ついついアンナに任せてしまいそうになるが、養子縁組のことや、ローンノウル侯爵家の嫡男との婚約のことなど、私がレイガス伯爵夫妻と話をしても良いか？」

「お願いしても良いのですか？」

「養子縁組や、里親が見つかって施設から出ていく子供たちの受け入れ先は、全て私が調査している」

公爵閣下がそう言ってくださったので、私は養子縁組の件は大人に任せることにしました。

そして、今までになかったことが起きていることを、アデルバート様に相談することにしたのでした。

◆◇◆◇◆

今日は学園が休みの日でしたが、私との婚約についてレイガス伯爵家と公爵閣下から連絡が行ったため、昼前にアデルバート様が訪ねてきてくれました。

やはり、私服姿と制服姿ではイメージが違い、少しだけドキドキしていると、アデルバート様は申し訳なさそうな顔をします。

「急に来てしまって悪いな」

「いいえ！　事前に連絡をいただいていましたし、気になさらないでください。ちょうど、私もアデルバート様とお話をしたかったのです」

施設内には面会するための個室はありますが、アデルバート様が歩いていると、他の子たちの目が気になります。そのため、ローンノウル侯爵家が出資しているカフェで話をすることになりました。

高位貴族がお忍びで立ち寄れるように個室が用意されていて、私たちはその部屋に通されました。

小声でも話しやすいように並んで座り、私は今までになかったことが起きているとアデルバート様に話しました。

話を聞いたアデルバート様は、小さく唸りました。

「……レイガス伯爵家の子供の件は、そう言われてみれば……って感じだな」

「アデルバート様は最長で10歳までしか生きられていなかったのですから、忘れていても仕方がないことだと思います」

「いや。2回目からは赤ん坊の時から記憶があるからな。今みたいに16歳まで生きているのは確実に良いことだけど、どうして今回は生きていられているのか謎だ」

「何かの条件を達成したから、殺されずに済んだのかもしれません」

「アンナと知り合えたことがそうなのかもな」

頷いたあと、アデルバート様は話題を変えます。

「そういえば、ミドルレイ子爵令嬢の件で思い出したことがある」

アデルバート様にその名前を出されて、私は昨日、レイガス伯爵夫人からその話を聞くことを忘れていたのを思い出しました。

そう。それどころではなかったとはいえ、物忘れが酷くなっているのでしょうか。まだ、体は子供のままなのですが、衰《おとろ》えているのでしょうか。

なんにしましても、アデルバート様との話を終えたら、レイガス伯爵夫人に確認しないといけません。

……と、今はアデルバート様との話に集中しなくては！

「あの、何を思い出したのですか？」

「アンナの時間軸と重なっていない時の出来事だと思うんだが、俺はミドルレイ子爵令嬢に殺されたことがある」

「はいぃぃぃっ!?」

衝撃発言に、私は大きな声を上げてしまったのでした。

アデルバート様は私よりも多い回数、人生が巻き戻っていますから、私の知らない過去があってもおかしくありません。今までは違う時間軸にいましたが、今、こうして同じ時間を過ごせていることが、私たちが巻き戻りを繰り返していた理由なのかもしれません。

「私がミドルレイ子爵家について覚えがあるのは、そのことと関係するのでしょうか」

「でもアンナには、俺がミドルレイ子爵令嬢に殺されたという記憶はないんだろ？」

「アデルバート様は女性絡みで殺されていることが多いので、幼い頃から遊び人だったのかと思い込んでおりまして、絶対にその記憶がないとは言えません」

「他人事《ひとごと》だったから、詳しいことまでは覚えていないってことかよ」

「そういうことでございます」

正直に頷き、すぐに頭を下げて謝ります。

「申し訳ございません！」

「謝らなくていいって。軽い男と思われていたのは心外だが、普通はそうだよな。今はアンナのおかげで生きていられるんだと思う。だから、本当に感謝してる」

「私の運命が変わっているのも、アデルバート様と知り合ったからだと思いますから、お互い様ということでしょうか」

微笑んで言うと、アデルバート様も笑みを浮かべて頷きました。

「ところで、ミドルレイ子爵令嬢に殺された理由はわかっているのですか？」

「……ああ。婚約者になりたいと言われたんだが、他にも俺の婚約者になりたい令嬢がいたんだ」

「違う人を選んだんですね？」

「両親がな。俺は興味なかったから、両親に選んでもらったんだ」

アデルバート様は小さい頃から人気があって、匿名の女性からのアプローチがすごかったそうです。匿名でアプローチしても意味がないような気がしますが、低位貴族の令嬢では、侯爵令息に真正面から想いを伝えにくいというところでしょうか。

「事故以外では、アデルバート様に冷たくされたという理由や、婚約者にしてもらえなかったなどで殺されていたと思うのですが、大体は学園内でしたね」

子供が殺人をするのではなく、その親が、密《ひそ》かに殺意を抱いていた場合が多かった気がします。

「そうなんだ。でも、ミドルレイ子爵令嬢は別だった」

「本人自らがアデルバート様を手にかけたのですか」

「ああ。だから、アンナと俺が婚約したら」

「アデルバート様が危険なのですね！」

「いや、それもそうだが、俺はもう16歳になるし、自分の身は自分で守れる。心配なのはアンナだ」

「……どういうことでしょうか？」

「俺の婚約者になったら、アンナも狙われる可能性がある。ミドルレイ子爵令嬢が相手なら特にな」

「……逆恨みされる可能性があるのですね」

納得したあとに思いついたことを話します。

「アデルバート様は自分の身を守れるくらい強くなったのですよね？」

「まあな。元々、剣は扱えないといけなかったし、護身術も習ったし」

「では、私も護身術を習おうと思います！」

「は？」

アデルバート様が眉根を寄せて聞き返してきました。

「自分で自分の身を守るというのは大切なことだと思うんです」

「アンナは、中身は別として体はまだ13歳だし、同じ年齢の女子よりかなり痩せてるぞ？　護身術を習う前に骨が折れるんじゃないのか？」

「そこまでか弱くありません！」

アデルバート様は納得していないのか、眉根を寄せたままです。こうなったら、アデルバート様に内緒《ないしょ》で武術を学びましょう！

……そうです！　私もシルバートレイを使えるか、確認してみましょう！　6年前にお姉様が私を叩いたことで、シルバートレイを売っているお店に苦情の手紙がたくさん届いたそうです。

そのせいで、一時は販売停止まで追い込まれていました。再販の要望が多く、1年後には復活しましたが、販売元は迷惑をかけてしまったと気にしていました。

私がシルバートレイを上手く扱えるようになって、自分の身を守れたら、販売元の方にも良いはずです！

……って、あれは15歳以上対象でした！　表向きの私の年齢ではまだ使えません！　ショックです。でも、今はそんなことでしょげている場合ではありません。

「とにかく、ミドルレイ子爵令嬢の件ですが、私のことは気にしないでくださいませ！」

「父さんやボス公爵には話をしておくけど、無理はするなよ」

「わかっています。ですから、アデルバート様は自分のことだけ考えてくださいませ」

「じゃあ、アンナも俺のことは考えるなよ？」

「それは無理です」

「それなら俺も無理だな」

アデルバート様が答えた時に、店員が飲み物を運んできたので、一度、話を中断したのでした。

◆◇◆◇◆

アデルバート様と別れて部屋に戻ると、レイガス伯爵夫人から手紙が届いていました。

手紙には、ミドルレイ子爵令嬢が養女であることは確かだが、彼女がどこの家から養女に出されたのかはわからないとのことでした。

私を養女にする話で思い出したそうで、アデルバート様への釣書や、どこの家なのかわからないというのは普通ではないため、気になって話をしておこうと思っていたと書かれていました。

そして、その時に思い出したのです。私がミドルレイ子爵家に覚えがあったのは、お姉様の婚約者であるロウト伯爵令息と、子爵令嬢が愛し合っているのではないかという噂を聞いたからでした。

私が18歳の時ですので、アデルバート様は亡くなっていました。ですから、ミドルレイ子爵令嬢がアデルバート様を忘れて、新しい恋を始めていてもおかしくありません。

結局、本当のことがわからない間に私は殺されています。

もしかして、お姉様はロウト伯爵令息に捨てられて、八つ当たりでエイン様を誘惑したのでしょうか。

私とアデルバート様の婚約の話を進めていくと同時に、秘密の特訓も始めることにしました。秘密といってもアデルバート様に秘密なだけで、レイガス伯爵夫妻の許可は得ています。

私の先生になってくれるのは、レイガス伯爵家の護衛騎士のリーダーです。爽やかな好青年といった見た目ですが、特訓中は厳しい先生です。

学園が終わったあとは、用事のない日はレイガス伯爵家に行き、護身術や剣の扱い方などを教えてもらっています。

アデルバート様が心配していたように、骨は折れないにしても、私には力がなく、剣を持つのも最初は難しかったです。そんな私を見て呆れた先生から、諦めて守られるほうが良いと言われてしまいました。でも、私は諦めずに頑張り、今は両手ではありますが、剣を持てるようになりました。

養子縁組についても話が進みました。両親は私の親権を渡すことを拒否していました。そして、6年も会えていないのだから、話し合いの場を設けてくれと言うのです。

どうしても会いたくなかったため拒否すると、私の機嫌を取ることにしたのか、両親からプレゼントが届くようになりました。

私のように何度も年を重ねていなくとも、13歳ともなれば、今までのことを考えて、プレゼントで絆《ほだ》されるようなことはないはずです。それに私は、何があっても絶対に両親を許すつもりはありません。

そのことをレイガス伯爵夫妻や公爵閣下に伝えると、現在の親代わりである公爵閣下は、裁判にしたいのかと両親に尋ね、レイガス伯爵夫妻は戦う意思を見せました。両親は戦いに負けて裁判費用を払うことになるのが嫌だったようで、お金で手を打とうとしました。

するとレイガス伯爵夫人はお母様にこう言ったそうです。

『可哀想に。娘を売らないといけないほどに困っているのね』

そう言われたお母様は、

『違うわ！　あんな子、私はいらないから！　好きになさいよ！　お金なんていらないわ！』

と答えたそうです。お父様はすぐにレイガス伯爵夫人の挑発《ちょうはつ》だと気づいて止めましたが、時すでに遅しでした。

『あんな子を娘にほしいだなんて、あんたは馬鹿ね！』

私を養女に出す代わりに、お金をもらおうとしていたお父様は、お母様の発言を聞いて頭を抱えたそうです。

私が送り返したプレゼントは店に返品してお金に換えていましたが、ディストリー伯爵家の財政は苦しいものでした。私を売って、少しでも楽な暮らしをと思っていたお父様にとっては、最悪な展開だったでしょう。

そして、それから数日後、私はディストリーからレイガスの姓に変更となったのでした。

姓が変わってから、私は施設を出て、レイガス伯爵家で暮らすことになりました。

実家を出るまでの私服は姉のお下がりでしたし、施設に入ってからは寄付された服を着ていました。でも、レイガス伯爵家に来てからは違います。誰も袖を通していない服を着せてもらえるようになったのです。

ボス公爵家から、卒業するまでに必要な学費や経費の小切手をいただいたため、レイガス伯爵家の私にかける費用はかなり少なくなりました。レイガス伯爵夫妻は私の服や化粧、習い事など、お二人が自分たちの子供にしたかったことを、予定よりも余ったお金でしたいと言いました。

私は私で、両親になってもらうのですから、犯罪や余程嫌なことでない限りは2人の望み通りにしようと思い、プレゼントをいただいたら素直に喜ぶことに決めました。

アデルバート様との婚約も決まり、今までの人生で最高の時を過ごしていました。ですが、そう簡単に上手くいくのであれば、人生を何度もやり直す必要はないのでしょう。


レイガス家での生活に慣れ始めた頃の、学園での昼休み。食堂でニーニャたちと昼食をとりながら話をしていると、エイン様が近づいてきたのです。

「アンナ、君と話がしたい」

「……なんの話でしょうか」

「2人きりで話がしたいんだけど」

「それは無理です。どうしても話したいなら、今、この場でどうぞ」

「……わかったよ。アンナ、僕はやっぱり……、やっぱり……」

エイン様は目に涙を浮かべて、突然、大きな声で叫びます。

「僕はアンナが好きなんだ！　僕はアンナと結婚したい！　だから……、だからっ、僕のためにローンノウル侯爵令息との婚約を解消して、僕と再婚約して――」

「嫌です」

話の途中でしたが、続きを聞かなくても内容がわかるので、はっきりとお断りしました。

「どうして……、どうしてだよ!?」

「どうしてって、ミルーナ様を選んだのは、エイン様ではないですか。ミルーナ様に捨てられたからといって、やっぱり私と結婚したいだなんて、そんなことがよく言えますわね」

「本当の愛に気がついたんだよ。愛し合っている者同士が結ばれるべきだ」

「……あなたを好きだった時もありました」

10回目までは、良き婚約者であろうと、良き妻になろうと頑張ってきました。でも、そんな私を裏切り、お姉様と一緒になって私を殺したのはこの人です。

「なら、僕と婚約を……！」

「あなたは私にとって過去の人です。私は未来しか見ていませんから、あなたに興味はありません。私以外で良い婚約者を見つけてくださいませ」

「そ……、そんな……！」

エイン様の声が大きいせいで、近くのテーブルに座っていた生徒たちが会話をやめて、私たちに注目しています。そして、アデルバート様も気がついてくれたようで、こちらにやってきて、エイン様の肩を掴みました。

「俺が話を聞く」

「ロ、ローンノウル侯爵令息……！」

エイン様は体をびくりと震わせると、アデルバート様の手を振り払います。

「僕はあなたと話すことなんてありません！」

そう叫ぶと、エイン様は泣きながら立ち去りました。

「大丈夫か？」

「はい。ありがとうございます」

アデルバート様に笑顔で答えた時、鋭い視線を感じ、そちらに目を向けます。目を向けた方向にはたくさんの人がいましたが、その中の1人が私を睨んでいることに気づきました。

亜麻色《あまいろ》の髪をハーフツインにし、緑色の瞳を持つあどけなさの残る少女は、私と目が合うと視線を逸らし、友人たちと一緒に食堂を去っていきました。

あの顔には見覚えがあります。

誰でしたっけ。ああ、そうです。思い出しました。

私を睨みつけていたのは、アデルバート様の婚約者になりたがっているミドルレイ子爵令嬢でした。

＊＊＊＊＊

家族揃っての夕食時、ここ最近は2人ともイライラしていて、ただでさえ美味《おい》しくない食事が余計に不味《まず》くなっていた。

調理人が我が家にやってきたと思ったら、今までの料理とは比べ物にならないくらい美味しくなくて、わたしもイライラが抑えられない。

こんなにもわたしが辛い思いをしているのに、学園でアンナは楽しそうにしている。

誰にも望まれずに生まれてきたくせに、わたしの幸せを奪うなんて許せない。あの子がいなければ、ローンノウル侯爵令息の婚約者の座もレイガス伯爵家での贅沢も、全部、わたしのものだったのに……！

我慢《がまん》できなくなって、暗い表情の2人に叫ぶ。

「アンナのものは全てわたしが受けるべき恩恵だったのに、アンナに渡すなんて、お父様もお母様も大嫌い！　絶対に許せない！」

夕食に出された料理にはほとんど手をつけず、わたしは自室に戻った。

アンナがいなければ、わたしはこんな惨《みじ》めな思いをすることはなかった。そうよ。アンナがいなくなれば、全てわたしのものになるんじゃない？

だって、あの子はいらない子なんだもの！

＊＊＊＊＊

エイン様の一件で、私は一部の女子から嫌われることになりました。

食堂は学年関係なく使いますので、食事をしていると、名前は出しませんが私だとわかる悪口を通りすがりに言われるようになって知りました。友人たちは事情を知っていますので、エイン様が何を考えているのかわからないという意見でしたが、事情を知らない人たちはそうではありません。

エイン様やアデルバート様に想いを寄せている人たちには、私が2人を弄《もてあそ》んでいる悪女に見えているようでした。

ミドルレイ子爵令嬢が私を睨んでいたのも、それが原因かと思われます。彼女は今のところ、私やアデルバート様に何かしてくる動きを見せていませんが、引き続き、警戒はしています。

10回目までは、大人しくしていたのが裏目に出て嫌われてしまい、友人ができず、1人で辛い思いを耐えてきました。でも、今は違います。私自身が開き直っているというのもありますが、私を信じてくれる友人がいます。

少しでも嫌だなと思うことがあれば、友人と話をして発散することができました。そして、友人ができてわかったことがありました。それは、駄目な男性を好きな女性もいるということです。

アデルバート様にバレないように、必死にアピールをしてくるエイン様にうんざりしてきたので、特訓の成果を見せようかとニーニャに話していた時のことでした。

「エイン様は、見た目は素敵なのに、考えていることがよくわからないですね。もしかすると、純粋な良い人なのかもしれません」

ニーニャの話を聞いた私は、驚きで口をあんぐりと開けて彼女を見つめました。すると、ニーニャが慌てて謝ります。

「申し訳ございません！」

「あ、あの、謝らないでください。それよりも、ど、どういうことですか？」

「あの、なんでもありません！　気にしないでください！」

いつも小さな声で話すニーニャが、大きな声を出したので余計に気になります。

「ニーニャはエイン様と話をしたことがあるのですか？」

「申し訳ございません！」

尋ねると、ニーニャは今にも泣き出しそうな顔になってまた謝りました。詳しく話を聞いてみますと、エイン様は私との仲を取り持ってほしくて、ニーニャに近づいたそうなのです。

最初は嫌がっていたニーニャでしたが、エイン様をどうしようもないと思いながらも、可愛いと思ってしまったようです。エイン様のどこが良いの？　と聞きたいところですが、過去の私も彼が好きでしたので人のことは言えません。

でも、エイン様は私を裏切った人であり、直接手をかけたわけではありませんが、私を死んでも良い人間だと判断した人です。ニーニャが最近、婚約を解消したのは知っていましたが、まさか、エイン様を好きになったからだったとは……！

エイン様はお姉様に、私が悪い人間だと思い込まされた可能性が高いのですが、殺人を止めないのはおかしいです。ここは駄目な男に恋する友人を止めなければいけないですよね。

「あの、ニーニャ。大きなお世話かと思いますが、エイン様はやめておいたほうが良いかと思います」

「わかっています。でも……、どうしても気になってしまって」

ニーニャは俯いて答えました。

困ったものです。あばたもえくぼという言葉がありますが、まさにそんな感じです。

「申し訳ございません」

「私に謝る必要はありません。ですが、本当におすすめできないんです」

「わかっています」

ニーニャは顔を上げて頷きましたが、変な意味に取られていても困りますので念押ししておきます。

「言っておきますが、私はエイン様に未練なんてありません。ですから、意地悪で言っているのではありませんよ！」

「アンナさんにはアデルバート様がいますし、エイン様に興味がないことはわかっています。そして、アンナさんがそんな意地悪をしない人だということもわかっています」

「……ありがとうございます」

ニーニャの様子を見ていると、彼女も悩んだけれど、好きな気持ちを止められないといった感じでした。

どうしたら良いか考えていると、ニーニャが尋ねます。

「怒っていますか？」

「どうしてですか？」

「アンナさんが嫌がっている人と、アンナさんの話をしていたんです」

「ニーニャは相談されただけでしょう？」

「はい。でも、友人なら断るべきでしたし、何度も相談される前に、アンナさんに話をしておくべきでした。でも、言ったら止められるかもしれないと思って……」

また、頭を下げるニーニャに尋ねます。

「もしかして、わざと私に話をしていなかったのですか？」

「はい。アンナさんがまたエイン様を好きになったら困ると思って、言えませんでした」

ニーニャは白い頬をピンク色に染めて頷いたのでした。


ニーニャから、他の人には内緒にしてほしいと言われましたので、アデルバート様にも話せずに困っていたある日のこと。アデルバート様から相談があると言われ、休みの日にレイガス伯爵家に来てもらいました。

お茶を淹《い》れたメイドが応接室を出ていくと、アデルバート様は早速本題に入ります。

「実はフロットル卿から相談されたんだけど」

「……エイン様がアデルバート様に相談？」

どうして、エイン様がアデルバート様に相談するのでしょう。

不思議に感じた時、アデルバート様が驚きの言葉を発しました。

「フロットル卿はニーニャのことを好きになったんだってさ」

「ええっ⁉」

ど、どうしたら良いのでしょう。2人は両思いです！　ニーニャの気持ちを考えたら、2人を応援すべきなのかもしれません。……でも、エイン様はおすすめできませんし……。

そうです！　ニーニャが相手なら、エイン様は悪い道に進まないかもしれません。そして、エイン様が悪の道に進みそうなら、私が根性を叩き直すことにしましょう。

この時は、アデルバート様にニーニャの気持ちを言えませんでしたが、後日、ニーニャから許可を得て、アデルバート様にお話ししました。

そして、エイン様を呼び出し、私とアデルバート様は彼に忠告しました。

「想いを伝えるのは勝手だが、浮気だとか馬鹿なことをしたり、ミルーナ嬢に唆《そそのか》されたりしたら、社会的に殺すからな」

「私は、エイン様がお姉様にたぶらかされたり、ニーニャを泣かせたりしたら、物理的に殴りますし、精神的な苦痛を与えます」

アデルバート様と私に脅《おど》されたエイン様は、怯えた表情になりましたが、すぐに真剣な表情に変わり、

「大事にします！」

と大きな声で宣言しました。

この人をおすすめするのもどうかと思いますが、ニーニャが幸せならそれで良いでしょう。

それに、これでエイン様とミルーナ様の関係も切れるはずです。

ニーニャのおかげで、私がエイン様と姉に裏切られて殺されるという未来は、確実に阻止《そし》で

きそうですね。

＊＊＊＊＊

とある部屋で、若い男女が話をしている。

「もう、アンナに執着するのはやめたらどうかな」

「嫌よ。絶対に諦めない！」

頑《かたく》なに自分の意見を通そうとする女を見て、男は隠すことなく大きなため息を吐いた。

＊＊＊＊＊

エイン様は良くも悪くも、一緒にいる人に影響される人でした。ニーニャがヴィーチを嫌がっている上にヴィーチがニーニャに冷たい態度を取るので、エイン様はヴィーチとの友人関係を切りました。そのおかげか、エイン様はニーニャのことだけを考えるようになり、デートは彼女が望むように家で勉強をするだけという、私が相手の時では考えられないほど真面目《まじめ》になりました。

私の知っているエイン様は、優しいけれど、本性は冷たい人でした。でも、今回のエイン様は違います。ニーニャを大事にしようと努力していました。あとは、お姉様をエイン様たちに近づけなければ良いだけです。一番はエイン様が騙されないことですが、まだ信用はできませんからね。

ニーニャとエイン様がお付き合いを始めたという話は、すぐに学園内に広まりました。そのため、「アンナは悪女」説は、噂を流した人たちからの謝罪がないまま消えていきました。

エイン様と私の一件を知っているクラスメイトは、ニーニャとエイン様の交際に、最初はあまり良い顔をしませんでした。

ですが、ニーニャは好きな人と一緒にいられるのは幸せだと言って、気にしないようにしていました。そして、クラスメイトも私と同じように、熱くなっている気持ちを冷ますことができるのは自分自身だけだと考え、少しすると何も言わなくなりました。

婚約を解消するくらいにエイン様のことが好きなんですもの。どれだけ周りが心配しても、本人たちは他人の意見なんてどうでも良いですから、何を言っても無駄です。

……と、この考え方も長年生きてきたせいなのでしょうか。諦めというより、『若いですね』なんて思ってしまっています。

殺人や暴力などに発展してはいけませんが、男女の色恋に他人が口を挟んでも、大きなお世話と思われる場合が多いのです。エイン様はニーニャを大事にしていますし、ニーニャはエイン様のことが大好きです。今は2人がどうなっていくのか、見守ろうと決めたのでした。

◆◇◆◇◆

特に大きな動きもないまま、中間テストの時期になりました。

テスト問題は今まで通りで、特別クラスでも受けるテストの内容は変わりませんからなんとかなりました。全問正解はなんとなく怪《あや》しい気もするので、適度に手を抜いて解答しましたが、今回も1位でした。

「アデル、可哀想に。また、2位かよ」

「可哀想とか言うな。俺なりに頑張ったんだよ」

「まあ、アンナの頭が良すぎるんだよなぁ」

掲示板に張り出されたテストの順位を見ていると、アデルバート様とクラスメイトの男子たちの話す声が聞こえてきました。

男性の場合、婚約者よりも順位が低いのは駄目なのでしょうか。それなら、もっと手を抜こうかとも考えましたが、アデルバート様に失礼な気もします。少し離れた場所でニーニャとエイン様が2人で喜んでいる姿が見えます。ニーニャのおかげで、エイン様の順位は今までよりもかなり上がっていますが、それでもニーニャのほうが上です。でも、手に手を取って喜んでいる姿を見ると、別に男性が上じゃないといけないなんて、そんなことは気にしなくても良いのだと思いました。

友人たちと微笑ましくニーニャたちを見守っていると、背後から声をかけられました。

「おい」

「……なんでしょうか」

現れたのはヴィーチでした。体を彼のほうに向けると、友人たちが私を守るように私と彼の間に立ってくれました。その様子を見たヴィーチは苦笑します。

「別に危害を加えるつもりはない。ただ、伝えに来ただけだ」

「どんな話です？　ミルーナ様と私はもう関係ありませんよ」

「姉妹ではなくなったとしても、元姉だぞ！　家族のことが気にならないのか、冷たい女め！」

私が強い口調で言うと、ヴィーチは吐き捨てるように答え、まだ何か文句を言おうとしてきましたが、アデルバート様が近づいていることに気がつき、一瞬で冷静になって話し始めます。

「伝えに来たのはミルーナ嬢の話じゃない。ディストリー伯爵夫人が階段から落ちた」

「……はい？」

「昨日、ディストリー伯爵からお前に執着するのはやめろと言われた夫人は、怒りながら自室に戻ろうとして、階段を登る途中にドレスの裾《すそ》を踏んで転げ落ちたんだ！」

「……それはお気の毒に。怪我《けが》の具合はどうなのです？」

私のせいで元母が階段から転げ落ちたとヴィーチは言いたいようですが、ドレスの裾を踏んだのは、自分のせいではないでしょうか。そう思いましたが、人として怪我の具合を聞いたほうが良いと思いましたので尋ねると、ヴィーチは声を荒らげます。

「どうしてそんな態度なんだ！　どうせ、ざまぁみろとか思っているんだろう！」

「それはお前が勝手に考えてるだけだろ。で、夫人はどうなったんだ」

アデルバート様が私の隣に立って尋ねると、ヴィーチは小さく舌打ちをしました。そして、騒ぎに気がついたニーニャとエイン様もやってきて、私の斜め後ろに立つと、ヴィーチは先ほどよりも怒り始めます。

「エイン！　お前はまだ目を覚《さ》ますことができないのか！」

「それはこっちの台詞だよ。ニーニャから話を聞いたら、明らかにおかしいことを言っているのはミルーナ嬢だ」

「くそっ！　もう、いい！」

ヴィーチは叫ぶと、私やアデルバート様の質問には答えずに去っていきました。彼の背中を見送りながら、ため息を吐きます。

「一体、なんだったのでしょうか」

「ディストリー伯爵夫人が怪我をしたと伝えたかっただけだろうけど、どうして、わざわざそれを言いに来たんだ？」

「わかりませんが、私のせいで階段から転げ落ちたと言いたいみたいですね」

アデルバート様と私は顔を見合わせて苦笑しました。

ディストリー伯爵夫人はイライラしていて、思い切りドレスの裾を踏んだのでしょうね。どのくらいの高さから転げ落ちたのかはわかりませんが、亡くなったのなら、もっと騒ぎになっているはずです。今回の件で、少しは頭を冷やしてくれれば良いのですけど、あの方のことですからどうでしょうかね。

その後、レイガス伯爵家に戻って聞いたところ、ディストリー伯爵夫人はやはり生きていました。ですが、かなりの重症のようです。全身を強く打ちつけていて、動けるようになるまでに30日以上かかるだろうとお医者様から言われたとのことでした。

その日の晩、お母様と談話室で、ディストリー伯爵夫人について話すことになりました。

ソファに座り、メイドにお茶を淹れてもらったあと、私から話し始めます。

「マイクス侯爵令息は、ディストリー伯爵夫人がまだ私に執着しているような言い方をしていました。ということは、お母様の復讐は上手くいっているということでしょうか」

「そうね。でも、執着しているというのが、どういう理由なのかはわからないわ。あなたを手放したことを悔《く》やんで、あなたを取り戻そうとしているのなら、復讐は上手くいっているということになるけれど、違う理由なら駄目ね」

「違う理由と言いますと、どんなものがありますか？」

尋ねると、お母様は眉根を寄せて答えます。

「あなたのことを、いらない子だと証明しようとしているんじゃないかしら」

「……化けの皮を剥《は》がそうとしているのですね」

「化けの皮？」

「あ……、いえ、ディストリー伯爵夫人にしてみれば、私がテストで良い点数を取れているのは、何か理由があると思っているのでしょう」

「そうね。あの人のことだから、そんな風にしか考えられないんでしょう」

実際、何度も受けたテストですので、理由があるのは間違っていませんが、思い出す努力をしながら勉強しているので、そこは許してもらいましょう。

呆れ顔をしているお母様に聞いてみます。

「お母様は私のことを、嫌な女性のお腹から生まれた子だから、憎いと思う時はありますか？」

「どうして、そんなことを思うの？」

「お母様とディストリー伯爵夫人の仲は本当に良くないみたいですから。そんな人が生んだ子供なんて可愛くないでしょう？」

「……そうね。あなたがミルーナさんのような性格だったら、そう思ったかもしれないわ。だけど、あなたは外見も性格も似ていないもの」

向かい合って座っていたお母様は、私の隣に移動すると優しく微笑みます。

「あなたを引き取ると決めた時から、遠慮なく育てるつもりでいたの。だから、あなたも自分があの女の娘だったなんて忘れてしまいなさい」

胸がじんわりと温かくなって、涙が出そうになりました。

「はい！　そうします！　思い出しても良いことなんて……、あ！　あのような人にはならないようにという反面教師にはなりますので、たまには思い出して、そうならないように心がけようと思います」

「ふふ。そうね。それで良いと思うわ。あ、そうだわ、アンナ。今度の休みの日は一緒に洋服を買いに行きましょうね」

「……どうかしたのですか？」

突然のお誘いに驚いて首を傾げると、お母様は言います。

「娘と買い物に出かけたかったの。アンナはお出かけするのは嫌い？」

「いいえ！　……といいますか、お出かけはあまりしたことがありません」

今回の人生は外に出ることが多いのですが、今までの人生は学園と家との往復だけでした。

まさか、家族と買い物をする日が来るだなんて、思ってもいませんでした！

お母様はきっと、一緒に出かけたりすることで、私のことを嫌っていないと伝えようとしてくれているのでしょう。言葉よりも行動で示そうとしているみたいです。

本当に今回の人生は今までに比べて嬉しいことが多いです。……と、そんな浮かれた気持ちでいましたが、10回も駄目だったということは、そう簡単にことが上手く運ぶわけではないということです。

事件が起こったのは、それから半年過ぎた頃の長期休暇に入る前でした。

4章　や、やってしまいました！

少し前から、友人のシェラルの元気がないと、ニーニャたちと話していたことは確かです。

何かあったのかと聞いても「特に何もない」と答えるので、私たちは途方に暮れていました。

クラスの男子からは仲良し4人組と言われているのに、悩み事を話してもらえないのは悲しくもありましたが、話せないということは余程のことなのでしょうから、話せるようになるまで待とうと思う気持ちもありました。

でも、あまりにも今日のシェラルは元気がなく、時折、目に涙を浮かべているので、気づかないふりもできません。昼食の前にお手洗いに行く時、2人きりになったので、話してもらえないのを覚悟で聞いてみます。

「シェラル、しつこくて申し訳ないのですが、ここ最近、何かあったのですか？　友人だと思ってもらえているのなら、詳しくとまでは言いませんので、何があったか話してもらえませんか。シェラルのことが心配なんです」

「ありがとう。アンナの気持ちは嬉しい。でもね、兄から話すなと言われているの」

「お兄様から？」

……ということは、お兄様絡みで何かがあったということですね。

「言えないだけで、知られることは嫌ではないのですね？」

「……うん」

頷いたシェラルの目から涙がこぼれ落ちました。

シェラルをこんなに苦しめるなんて許せません！　今まで助けてもらった分の恩を返さなくては！

シェラルが落ち着くのを待ってから、一緒にお手洗いを出ました。昼食を後回しにして、最終学年にいるシェラルのお兄様に会いに行くことにしましたが、１人で行くのは危険だとシェラルに止められてしまいました。

シェラルを連れていけば、彼女が何か言ったと丸わかりです。ですから、シェラルの様子がおかしいので相談したいという理由にして、アデルバート様に同行してもらうことにしました。

アデルバート様に相談すると、行く前に調べるから時間をくれと言われました。

「どれくらいの時間がかかるのでしょうか」

「放課後までには調べる。それから、俺から先方に話がしたいと伝えておく」

「そこまでしていただいても良いのですか？」

「アンナのためなんだから、別にそれくらい普通だろ」

「私のため……」

こんな時だというのに意識してしまい、恥ずかしくなって俯くと、アデルバート様がクラスメイトから冷やかされ始めてしまいました。

アデルバート様を助けるために、みんなに話しかけようとした時、食堂内の一角が騒がしくなったので、そちらに顔を向けました。

最初は人で見えませんでしたが、人の輪を抜けて現れたのは、ミルーナ様やヴィーチ、ミルーナ様の婚約者のロウト伯爵令息、そして、他３人の男性でした。

「アンナ、あの中にシェラルの兄がいるぞ」

アデルバート様に教えてもらい、シェラルの兄がどの人か教えてもらいました。シェラルは、お兄様がミルーナ様の手に落ちてしまったと伝えたかったのでしょうか。でも、これだけ大勢の前に姿を現しているのですから、内緒にしてと言っていた理由がわかりません。

ミルーナ様絡みだということは間違いないでしょう。ディストリー伯爵夫人は怪我で寝たきりの時間が長かったため、歩く筋力が戻らず、現在はリハビリ中です。ディストリー伯爵夫人の代わりにミルーナ様が動き出したということでしょうか。

そろそろ、私に執着するのはやめてくれませんかね！

私たちの視線に気がついたというよりは、私を探していたようで、ミルーナ様は私と目が合うと立ち止まり、にこりと余裕の笑みを浮かべました。そして、私が反応する前に、ミルーナ様は前を向いて歩き始めます。

今の笑みはなんだったのでしょう。私はこれだけ男性に人気があるのだと、見せつけたいとかでしょうか。私が男性に人気がないことは確かですが、婚約者がいるのに他の男性を引き連れているのは、婚約者に失礼なのではと思うのですが、どうなのでしょう。

「ミルーナ様に常識を求めても無駄なのでしょうね。本人は勝ったつもりでいそうですけど、私はノーダメージなのですが」

「彼女が何をしたいのかわからないが、とにかく、シェラルの兄が何を考えているのかだけ調べる。ちゃんと知らせるから、アンナはシェラルたちと一緒にいろ」

「承知いたしました」

アデルバート様に一礼してから、シェラルたちが待っている席に戻りました。最近はランチタイムで、ニーニャはエイン様と一緒です。でも、今日は私たちと一緒に食べることにしたのか、席に着いて待ってくれていました。

「食べずに待っていてくれたのですね。申し訳ございません。一声かけておくべきでした」

「私たちが待っていただけよ」

ミルルンが答えると、ニーニャが不安そうな顔で言います。

「ミルーナ様と一緒にいたのは、シェラルさんのお兄様ですよね？　い、一体、何があったんですか？」

「ごめんなさい。詳しいことは言えないんだけど、私はアンナを裏切ったりしないわ」

強い口調で訴えるシェラルに、申し訳ない気持ちでいっぱいになります。

「私のせいで、シェラルが悲しい思いをすることになってしまったのですね。巻き込んでしまい、本当に申し訳ございません」

「アンナのせいじゃないわ。悪いのはお兄様よ。両親からも駄目だと言われているのに……」

ここまで言うのなら、お兄様が何をしようとしているのか、言ってもいいような気がしますが、シェラルはとても真面目な人です。『言わない』という約束を破るわけにはいかないのでしょう。時と場合によりますし、今回は話しても良いと思うのですが、そこはまだ子供の純粋さが残っているのかもしれません。

「口が堅《かた》いのは悪いことではありません。私に何かしようとしているようですが、私のことは気にしないでください」

「そういうわけにはいかないわ！」

「もし、気になるようでしたら、いつものシェラルに戻ってくれたら嬉しいです。あなたのお兄様が何を考えているかは知りませんが、私は負けませんから大丈夫です！　私を信じてください！」

必死になって訴えると、ミルルンは笑ってくれました。そして、ニーニャもつられて笑うと、シェラルもまだ悲しげではありましたが、笑顔を見せてくれたのでした。

◆◇◆◇◆

アデルバート様が調べてくれた結果、シェラルのお兄様のロッサム様には心に決めた方がいて、その方を好きすぎて婚約者も作らなかったようです。

好きな女性はミドルレイ子爵令嬢でした。ロッサム様は年下の女性が好きなようです。

放課後、ロッサム様と待ち合わせることになったティールームに向かいながら、アデルバート様に尋ねます。

「どうして、ロッサム様はミルーナ様と一緒にいるのでしょうか」

「ミルーナ嬢が、自分に協力するなら、俺とアンナを別れさせてやると言ったらしい」

「おかしいですね。私のものは自分のものだという考え方の人なのに、アデルバート様をミドルレイ子爵令嬢に渡そうとしているのですか」

「アンナから奪えれば、それで良いんじゃないか？」

「もう、私は妹ではないのですから、放っておいてほしいです！　これ以上、奪われるのは御《ご》免《めん》です！」

怒っていると、アデルバート様は苦笑します。

「俺はアンナとの婚約を解消する気はないから安心してくれ」

アデルバート様の発言にドキドキしてしまいます。どうして、こんなに胸がドキドキするのでしょうか。

「……アデルバート様は、もしかして、媚《び》薬《やく》などを使っているのですか？」

「そんなわけないだろ」

「顔がとっても整っていますから、そのせいなのでしょうか。とても、キラキラして見えます」

「……人を顔だけみたいに言うな」

不機嫌な顔になったアデルバート様に謝ります。

「申し訳ございません。そういうわけではないのですが、あまりにも女性に好かれているので、つい……。デリカシーのない発言でした。申し訳ございません」

「もう、その話はやめよう」

ああ、アデルバート様を怒らせてしまいました。それはそうですよね。人のことを顔だけ良いというような発言をしたんですもの。

長い間生きているのに、配慮のない言葉を口にしてしまうのは、今までのコミュニケーション不足か、それとも、ディストリー伯爵夫妻からの影響なのでしょうか。

「アンナ」

「……はい」

「喧嘩しても良いと思うけど、長引くのは良くない。仲直りするぞ」

「は、はい！　ありがとうございます！」

嬉しかったので、ギュッとアデルバート様の手を握《にぎ》ると、アデルバート様の顔が一気に真っ赤になりました。

「なな、な、な、なんで手を握るんだよ！」

「ええっ⁉　あ、申し訳ございません！」

慌てて手を離して謝りました。

おかしいです。ダンスを踊った時はこんな反応ではありませんでした。ということは、怒っているということですよね。真っ赤になるほど怒らなくても良い気がしますが、そんなに手を握られるのが嫌だったのでしょうか。

「驚いただけだ。というか、ごめん。言い方が悪かった。嫌だったわけじゃない」

「いえ、こちらこそ、馴《な》れ馴れしくしてしまって申し訳ございません」

そんな話をしているうちに待ち合わせ場所に着き、待っている間にロッサム様が現在、どんなことをしているのか教えてもらいました。彼はミルーナ様の味方を増やすために、ミルーナ様のクラスメイトの女子を誘惑しているそうです。

そして、彼女たちが誘惑されたと他の人に話さないように、人には言えないことをして、黙っておく代わりに、ミルーナ様の友人になるように強制しているそうです。

ミルーナ様は、私よりも人気があるように自分を見せかけたいのですね。そんなことをしても意味がない気もしますが、私がクラスメイトと仲が良いので、同じようにしたいのでしょう。

シェラルがそこまで知っているかはわかりません。でも、兄が何か悪いことをしているのに気づいているから、あんなにショックを受けているのでしょう。

そして、ロッサム様の動きに気がついたご両親が、秘密裏《ひみつり》に動いているそうなので、心を痛めているのかもしれません。

話の区切りがついた時、ロッサム様がやってきました。

「僕に何か御用ですか」

シェラルと同じ金髪碧眼のロッサム様は、長話をするつもりはないと言わんばかりに、椅子には座らずに立ったまま尋ねてきました。

そんな彼を見上げて尋ねます。

「シェラルの様子がおかしいんです。何か知っていますか？」

「さあ？　僕は何も知りません」

ロッサム様は首を横に振って、話を続けます。

「考えられるとしたら、ミルーナ様と一緒にいるのが気に食わないのかもしれませんね。でも、誰といようが僕の勝手でしょう」

「妹が悲しんでいるのに、どうでも良いのは酷いのではありませんか」

「男性代表として言わせてもらいますが、女性は男性の言うことを聞いて大人しくしていれば良いんですよ。それは妹だろうが関係ありません」

ロッサム様が信じられない発言をした瞬間、アデルバート様が立ち上がって、ロッサム様のネクタイを掴んで言います。

「男性代表とか勝手に名乗るな。俺は、そんなこと一度も考えたことがねぇよ」

ロッサム様は、プライドだけが高い貴族の男性に多い、女性への偏見《へんけん》を持っている人のようでした。

でも、その発言は、ミドルレイ子爵令嬢の前でも言えるのですかね？

「そ、そんなに怒らないでくださいよ」

アデルバート様に睨まれたロッサム様は、焦った顔になって弁明を始めます。

「全ての女性がそうだとは言いませんよ。ですが、多くの女性は男性よりも力がありません」

「力が弱ければ劣っていると言いたいのか？　女性よりも力が弱い男性だっているだろ」

「そ、それはそうかもしれませんが、一般的に男性のほうが力はあるじゃないですか！」

「体格が違うんだから当たり前だろ」

アデルバート様がネクタイから手を離してロッサム様の胸を押すと、彼は後ろによろめきました。力がどうこう言う割に鍛《きた》えてはいないようです。

私はこれ見よがしにため息を吐いてから、ロッサム様に尋ねます。

「ということは、あなたに意見を言える人は、あなたよりも力が強くなければならないということですね？」

「そういうわけじゃない。僕が言いたいのは、女は黙って男の言うことを聞いていればいいというだけだ。そうすれば、守ってやる」

「あなたの考えに賛同する人もいるかもしれませんが、多くの女性は、好きでもない男性から守ってやるという言い方をされて、良い印象は受けないと思います」

好きな男性から守ってやると言われた場合、頼もしくて素敵と思う人もいるかもしれませんが、苛立つ人もいると思います。ミドルレイ子爵令嬢は、どちら側の人間かはわかりませんが、ロッサム様に言われたら苛立つのではないかと思いました。

ロッサム様はムッとした顔になって言います。

「一般女性よりも頭が良いからって調子に乗らないでくれ」

「では確認いたしますが、あなたの判断基準は、腕力や体力などがあるかないか、なのでしょうか」

「そうだ。大半の女は男には勝てない」

「あなたに女性が勝てたら考えを改めますか？」

「勝てるもんならな」

「では、試してみましょう」

私は立ち上がり、ロッサム様の前に移動しました。

「今からすることは暴力ではありません。証明です。問題にしないと誓《ちか》えますか」

「もしかして、僕に暴力を振るおうっていうのか？　そんな小さな体で？」

鼻で笑うロッサム様に、もう一度同じことを確認します。

「問題にしないと誓えますか？　まあ、誓わなくても恥ずかしくて人には言えないでしょうけれど」

「何が言いたいんだ。君が僕に勝てると言いたいのか？　勝手にしろよ」

「おい、アンナ。何をしようとしてるんだ」

アデルバート様は私が特訓していたことを知りません。ですから、難しい顔をして話しかけてきました。

「ご安心ください、アデルバート様。今回は、負け戦《いくさ》はしません」

アデルバート様に笑顔で答えたあと、私は無言でロッサム様の顎《あご》に拳《こぶし》を叩き込みました。

殴り方を間違えると、自分の指などを痛めてしまいます。何度も練習を重ねた結果、コツが掴めてきたので、実践してみたいと思っていたところでした。

「ぐっ……！」

後ろによろめいたロッサム様にすかさず追撃です。

彼の片足が浮いたところで地面についているほうの足を払うと、ロッサム様は近くのテーブルに倒れ込みました。

ティールームは人払いをしていたため、他に客はいません。テーブルや椅子が壊れていたら弁償《べんしょう》ですが、今はそんなことにかまう暇はありませんでした。

「ロッサム様」

床に尻餅《しりもち》をついたロッサム様を見下ろし、笑顔で話しかけます。

「自分よりも力が弱い女性に倒された気分はいかがです？」

「し……、信じられない！　女性がこんなっ」

話している途中でしたが、ロッサム様を蹴《け》ると、彼はゲホゲホと咳《せ》き込み話すことができなくなりました。

「こういうことができる女性もいるのですよ」

冷たい声で言ったあと、ロッサム様をもう一度蹴飛ばすと、彼は気を失ったのか床にひっくり返りました。

「やっぱり、体を動かすって良いですね」

満面の笑みでアデルバート様に話しかけた私でしたが、すぐに頭を抱えます。

「や、やってしまいました！」

アデルバート様には内緒にしていたのに、私は何をやっているんでしょうか！

年を取ると気が短くなると言いますし、これは年のせいです！　年には勝てませんから、苛立ってしまったのは、仕方のないことですよね！

「あ、あの、アデルバート様」

覚悟を決めて、特訓していたことを話そうとすると、ぽかんとした表情だったアデルバート様がいきなり笑い始めました。

「そうか……！　自分の身を守るみたいなこと言ってたもんな！」

声を上げて笑うアデルバート様を見たのは初めてで驚きつつも、胸がドキドキします。

「あ、あの怒っていませんか？」

「怒ってない。とにかく、こいつを処理するか。それから、改めて話をしよう」

「そ、そうでした！　はっ！　この人、シェラルのお兄様なのに、ボコボコにしてしまいました！」

「ボコボコって！」

騒ぎを聞きつけてやってきた女性の店員が立ち止まり、笑っているアデルバート様を頬を赤くして見つめています。

私のこの胸のドキドキは恋なんでしょうか。それとも、有名な俳優さんに憧《あこが》れるような気持ちなんでしょうか。

考えているうちに、ティールームの警備員がロッサム様に駆け寄っていったのでした。

＊＊＊＊

「どうして上手くいかないのよ！」

お母様は近くに置かれていた水差しを壁に投げつけた。

ガシャン！　と激しい音を立てて、水差しが割れて床に落ちる。

肩で息をするお母様を見て、無様《ぶざま》だと思った。せっかく治ったのに、リハビリで転倒して、ベッドに逆戻り。

使用人はどんどん辞めていって、今は数えるほどしかいない。お父様は毎日、日々の仕事と新たな使用人を探すことに必死で、お母様のことなんかかまっていられない。

だから、お母様は余計にイライラしているのよね。

シャス様は、アンナのことを気にせずに生きていったほうが良いと言う。

だけど、わたしたちはこんなに惨めな思いをしているの。そのきっかけを作ったのはアンナなのよ！

アンナの友人から潰《つぶ》そうかと思ったけれど、アデルバート様やボス公爵が動いていて無理だった。

アデルバート様はアンナの前では優しい顔をしているけれど、中身は冷酷《れいこく》だ。あのバカ男を警備員に預けたふりをして、実際はローンノウル侯爵家に運び込んでいる。

行方不明で捜索《そうさく》されては困るので、バカ男の家族には連絡をしたようだけど、アンナはそのことを知らない。

でも、収穫はあったわ。ティールームの店員が言うには、アンナはアデルバート様に恋をしている。

アデルバート様をアンナから奪えば、立場は逆転する。彼もアンナが好きみたいだけど、わたしを好きになってもらえば良いだけのこと。

シャス様はヴィーチと同じくわたしの虜《とりこ》だから、計画を練ってもらいましょう。

わたしよりもアンナが幸せになるなんて、絶対に許さない。

＊＊＊＊

ロッサム様の件は、ローンノウル家が対応するから気にしなくて良いと、アデルバート様から言われました。どうするつもりなのか気にはなりましたが、次の日から、シェラルが元気になったので、大人にお任せすることにしました。

それからしばらくは平穏な日々が続きました。ロッサム様はあの日から姿を現さないままです。長い間姿が見えないため、シェラルに確認すると『大丈夫』という答えだけが返ってきました。ロッサム様は今年で学園を卒業ですのに、出席しなくて大丈夫か心配にはなりますが、シェラルが大丈夫と言うなら大丈夫なのでしょう。

ディストリー伯爵家も現在は大人しいですし、新しい両親とも上手くやれています。今度こそ……、今度こそは、ミルーナから解放されて、素敵な人生を送れるのではないかと期待に胸を膨らませた頃、食堂でロウト伯爵令息に声をかけられました。

「アンナ、久しぶりだね」

「……お久しぶりです。お元気そうで何よりですわ」

今日は、アデルバート様は学園をお休みしています。今まで声をかけてこなかったのに、今日に限って話しかけてくるなんて、この機会を狙っていたかのようなタイミングです。警戒しながら挨拶を返すと、ロウト伯爵令息は爽やかな笑顔を見せます。

「ありがとう。アンナも元気そうで良かったよ」

あなたの婚約者に絡まれないから健康なんです。……なんて、正直に口に出すわけにもいきませんので、とりあえず何も言わずに微笑んでおきました。このまま、去っていってくれるかと思いきや、動く気配がないのでミルルンが尋ねます。

「あの、アンナに何か御用でしょうか？」

「うん。実は、ミルーナのことで相談に乗ってほしいんだ」

尋ねられたロウト伯爵令息は、困ったような顔をして頷きました。

ミルーナ様のことで話すことなんてありません。

「申し訳ございませんが、私はミルーナ様に暴力を振るわれていたんです。そんな人間がお役に立てるとは思えません。他を当たってくださいませ」

「そんな冷たいことを言わないでくれよ。ほら、ミルーナに関係のない女性に話しかけると、婚約者がいるのに他の女性となんて変な噂が立つかもしれないだろう？」

「それは、私も同じことなのですが」

「え？」

ロウト伯爵令息は驚いた顔をして、私を見つめました。

「婚約者でもない男性と、こうやって話していましたら、何も知らない方はどう思いますでしょうか。それから、私はもうミルーナ様とは関係ありません。ですので、ロウト様も誤解される可能性がありますよ」

「……そうか」

ロウト伯爵令息は納得したように頷くと苦笑します。

「ごめんね。ここ最近、ミルーナに元気がないから、少しでも明るくなってほしくてさ」

「……そういうことですか」

私が不幸になれば、ミルーナ様は一発で元気になりますものね。

「申し訳ございませんが、期待にお応えすることはできません」

「わかった」

ロウト伯爵令息はそのまま立ち去るのかと思いましたが、笑みを消して話し続けます。

「ミルーナの君への執念はすごいよ。それから……」

言葉の続きを静かに待ちましたが、ロウト伯爵令息は、

「いや、なんでもない」

と言って去っていったのでした。

「それから、のあとに何を言おうとしたのかしら」

「わかりません。聞いたほうが良いでしょうか」

「わからないわ。でも、気になるなら、アデルバート様も一緒の時のほうが良いと思う」

「そうですね」

ミルルンとシェラルの言葉に頷き、明日、アデルバート様に相談することにしたのでした。

＊＊＊＊＊

今日は学園を休んで、父上の仕事についていっていた。俺は今まで社交場に顔を出していなかったから、人脈が狭い。アンナはまだデビュタントを迎えていないから、彼女を社交場に連れていけない。１人で行けばいいんだが、女性に狙われる可能性があるから目立たないほうが良いし、まだ学生なので無理に行かなくても良いと、父上から言われた。その代わり、仕事の

関係で顔を広げていくことになったのだ。
だから、今日は取引相手の貴族の屋敷に来ていた。
「どうして、俺とアンナなんだ？」
先方との挨拶を終えて軽く雑談をしたあと、こみ入った話をするから外で待っているように
と言われた。屋敷内をうろつくわけにはいかないので、案内されたガゼボで1人にしてもらっ
てから呟《つぶや》いた。
今のところ、何度も生き死にを繰り返しているのは、俺とアンナしか確認できていない。ア
ンナも俺も互いにしか話をしていないから、巻き戻りの話を知っている人間がいれば、その人
間が巻き戻りに関わっている可能性が高い。
何か理由があるから、俺とアンナだけが巻き戻っているのだすると、それはどういう理由な
のか。
俺とアンナの共通点は特に思い浮かばない。あと気になるのは、俺はとりあえず、生き延び
られた可能性が高そうだが、アンナはまだだ。彼女が19歳になるまでは気を抜けない。
巻き戻りについては父上と母上にも話していないが、アンナを狙う人間がいるとだけ伝える
と、アンナを守るためなら、多少、乱暴なことをしても良いと言われた。それは相手が女性で
あってもだ。

アンナがあんなに強くなっていたのには驚いた。でも、限界がある。彼女にできないことを俺がやって、俺なりに彼女を守ろう。

そう決意を新たにした翌日の昼休み。食堂に行くと、ミルーナ嬢が声をかけてきた。

「あの、アデルバート様。アンナのことでお話ししたいことがあるんです」

「俺はない」

「……え？」

ミルーナ嬢はきょとんとした顔をして俺を見つめた。

「俺はあんたとアンナの話はしたくないって言ったんだ」

「え、あ、でも、とても大事なことで」

「大事なことなら、尚更《なおさら》、アンナの口から聞く」

呆然《ぼうぜん》とした表情をしているミルーナ嬢をそのままにして、俺は待ってくれていた友人たちと共に歩き出した。

＊＊＊＊＊

昼休み、いつものように3人で話しながら食事をしていると、アデルバート様がやってきました。食事をまだ済ませていないようで、飲み物やサンドイッチなどの食べ物がところ狭しとのったトレイを持っています。

「アンナ、今の見てたか？」

「……今の、ですか？」

ミルルンたちとのお話に夢中になっている間に、何か起こっていたみたいです。

「申し訳ございません。何も見ておりません。……あの、何があったのでしょうか」

「気づいてないならいい。それより、今日は邪魔していいか？」

アデルバート様は私だけでなく、ミルルンとシェラルにも尋ねました。４人がけのテーブルですので、椅子は１つ空いています。３人で「どうぞどうぞ」と声を揃えると、アデルバート様は私とミルルンの間に座り、丸テーブルの上にトレイを置きました。

「で、昨日、何があったんだ？」

今日の朝に、昨日のロウト伯爵令息の話をしたいと言っていたので、聞きに来てくれたようです。

「ロウト伯爵令息が、ミルーナ様のことで相談したいと言われたのですが、お断りしました。ミルーナ様の私への執念がすごいと言ったあと、まだ何かあるようでしたが、言わずに去っていったんです。何を言おうとしていたのか気になりまして、確認すべきかどうか迷っているんです」

「どうして気になるんだ？　放っておけばいいだろ」

「その……、なんといいますか、上手くは言えないんですけど気になるんです」

女の勘《かん》というものを、男性に理解していただけるかわかりません。だから、なんと言えば良いのか迷っていると、アデルバート様は言います。

「アンナはどうしても聞いておいたほうが良いと思うんだな？」

「どうしても、とは言いませんが、聞いておきたいと思っています」

アデルバート様は頷くと、何か考えているのか、無言になりました。怒らせてしまったのかと不安になったので、話題を変えます。

「……ところで、アデルバート様も何かあったんですか？」

「さっき、ミルーナ嬢から声をかけられた」

「「ええっ!?」」

私だけでなく、話を聞いていたミルルンたちも一緒になって声を上げました。大きな声を出してしまったので、驚いている周りに謝ってから、アデルバート様に聞いてみます。

「ミルーナ様はなんと言っていたんですか？」

「アンナのことで話があるって言うから、アンナのことはアンナから聞くって言っておいた」

「ありがとうございます。それにしても、どういうつもりなんでしょうか」

「さあな」

「……ミルーナ様のことですから、私からアデルバート様を奪おうと考えているのかもしれません」

「かもしれないな。でも、彼女には婚約者がいるだろ。俺をアンナから奪ってどうするんだ」

アデルバート様の疑問はごもっともです。でも、ミルーナ様は一般の方とは違う考えの持ち主です。そのことをお伝えすると、アデルバート様は眉間《みけん》に皺《しわ》を寄せます。

「自分至上主義の人間で、自分の思う通りに全ての物事が上手く運んでいくと考えてるってことか」

「はい。ミルーナ様は自分の容姿に自信を持っています。まずは、容姿で落として、親しくなったら性格で落とせると思い込んでいるんだと思います」

「性格で落とせるって、どれだけ前向き思考なんだ。姉妹喧嘩ならまだしも、妹に過剰《かじょう》な暴力を振るってたんだぞ。性格を変えるなんて簡単にできないってわかってんのに、そんな奴に言い寄られて喜ぶ奴いるのか？」

「いますよ。マイクス侯爵令息なんかは、お姉様にぞっこんですし、ロウト伯爵令息だってそうでしょう？」

「理解できん」

眉間の皺を深くするアデルバート様に苦笑して頷きます。

「理解できなくて当たり前だと思います。それよりも、このまま、ミルーナ様が大人しく引き下がってくれるかどうか心配です」

「そうだな。でも、ディストリー伯爵家はもう終わりのようだし、なんとかなると思う」

「もう終わりとは？」

「この数年、領主としての仕事を満足にできていない。他の貴族からの苦情が王家の耳にも入っていて、しばらく様子を見ていたらしいけど、もう限界だと判断されたんだ」

ボス公爵やローンノウル侯爵が、陛下にお話ししてくれたのかもしれません。もしくは、余程、ディストリー伯爵の仕事が酷かったか、ですね。

「……ディストリー伯爵家はどうなるのですか？」

「まだ、陛下がはっきりと結論を出したわけじゃないから、俺が今言えるのはここまでだ。でも、近いうちにわかると思う」

今、アデルバート様が話してくれた内容は、他の貴族も知っていることのようです。お父様とお母様は、はっきりと決まってから話をしようと思ってくれているのでしょう。

私の予想ですと、ディストリー伯爵家は爵位を剥奪《はくだつ》され、現在管轄《かんかつ》している領地は新たに爵位を授《さず》けられた人か、他の貴族のものになると思われます。

「そうなると、ミルーナ様は学園に通えなくなるわね」

「ミルーナ様にとってはかなりの屈辱《くつじょく》でしょうね」

ミルルンの問いかけに、私は大きく頷いたのでした。

＊＊＊＊＊

「もう、我慢できない。アデルバート様はあたしのものよ。あんな女に渡してたまるものですか！」

「いい加減にしてくれ。もう諦めよう。今が幸せなんだ。アデルバートとアンナが結婚する。それが正解なんだよ！」

「ふざけないでよ！　あたしは絶対に諦めない！　今度こそあたしのものにするから、アデルバート様を殺してよ！」

「……時を戻せるのは13回までだ。アデルバートは次に死んだら終わりだ」

言われた女は舌打ちをしたあと、男を睨みつけて命令する。

「じゃあ、アンナを殺してよ」

「また、彼女に人生をやり直させるのか？」

「そうよ！　アンナはまだやり直しができるでしょう？　そうだわ。あたしの時間を巻き戻してよ！」

「無理だ！　巻き戻す力は1人にしか使えない。お前はアデルバートを、僕はアンナを巻き戻したんだから、もうできないってことはお前だってわかっているだろう！」

「嫌よ！　この馬鹿！　どうして、アンナの時間を巻き戻したのよ！　あたしを殺して、あたしの時間が巻き戻るようにしてくれたら良かったのに！」

けたたましく叫ぶ女に、男は、

「それじゃあ意味がないんだよ」

と小さく呟いた。

5章　なぜ巻き戻るのでしょうか？

アデルバート様が言っていた通り、3日後には、ディストリー伯爵家がどう処分されるのかわかりました。処分内容を知らせてくれたのはお父様で、夕食後に談話室で話してくれたのです。

「アンナを虐待していたという話は、両陛下にも伝わっていたんだが、すぐに領主を変更することもできず、後継者になれそうな人を探していたんだ」

「……かなり、時間がかかったのですね」

「反省したように見えたこともあったからだろうが、多くの貴族はこれ以上、仕事を増やされたくなかったんだよ」

「ディストリー伯爵領はそう広くはありませんが、領民はたくさんいますものね」

制度も領によって違います。引き継ぐとなると、仕事の量が増えるだけではないので、人手を探さなければなりません。

しかも、ディストリー伯爵は仕事を溜め込んでしまっているらしく、遅れを解消しなければならないため、代わりを名乗り出る人が、なかなかいなかったようです。

「結局、どなたが引き継ぐのですか？」

「うちが引き継ぐことになった」

「だ、大丈夫なのですか⁉　お父様はお仕事が忙しいのでは……」

「トーラやトーラの侍女《じじょ》が手伝ってくれることになった。それに、人手が足りないのなら人を雇えば良いことだ」

トーラというのはお母様のことです。これも、お母様にとっては、元ディストリー伯爵夫人への復讐なのかもしれません。

「では、私もお手伝いいたします！」

「アンナは学園にいる間は学業に専念しなさい」

「ですが……」

「アンナは16歳で卒業だ。普通は、学園を出たら結婚する令嬢が多い。でも、この国で結婚できるのは18歳からだから、アンナはまだ結婚できない。嫁入りまでは、この家にいてくれるんだろう？」

「もちろんです！」

「なら、卒業前にトーラと話をしなさい」

学園を卒業したあとなら、私も一緒に仕事をしても良いみたいです。頑張って成績を維持して、首席で卒業できるように頑張ります！

今までの人生では、卒業後にエイン様と結婚して、大して仕事を覚えられないうちに、エイン様に裏切られ、ミルーナ様にエイン様を奪われて終わっていました。

今回の人生では、エイン様はニーニャと上手くいき、ミルーナ様は貴族ではなくなるようです。

あとは、ヴィーチをどうにかするだけです。そういえば、ミルーナ様が貴族でなくなる場合、ロウト伯爵家はどう動くつもりなのでしょうか。

◆◇◆◇◆

それから数日経った休みの日の朝。お母様たちが、仕事の資料などを元ディストリー伯爵家の屋敷に取りに行くと聞き、アデルバート様と一緒についていくことになりました。

私は行く気はなかったのですが、お母様から一緒に来てほしいと頼まれ、アデルバート様に話すと、一緒に行くと言ってくれたのです。

どうしてお母様が一緒に来てもらいたいと言ったのかは、元の実家に着いてすぐにわかりました。

元両親が屋敷内にまだいたからです。執務室に入ると、元両親がソファに座っていました。

その表情はどこか虚《うつ》ろで、まだ、現実を受け止められていないようです。

「……アンナ！」

元ディストリー伯爵夫人は私の姿を見るなり、ソファから立ち上がり、杖《つえ》をついて近寄ってこようとしました。

護衛が動くと同時に、アデルバート様が私を庇《かば》うように立ってくれたので、元ディストリー伯爵夫人は立ち止まらざるを得ませんでした。

「アンナ、話を聞いてほしいの」

「……エイブリーさん。もう、あなたはアンナとなんの関係もないの」

お母様は、元ディストリー伯爵夫人であるエイブリーさんに微笑みかけます。

「あなたがいらないと言っていたアンナは、とても良い子だわ。私にとって、とても可愛い子よ。こんなことを言ってはなんだけど、アンナを私の子供にしてくれてありがとう」

「……っ！」

エイブリーさんは悔しそうに顔を歪《ゆが》め、真っ赤になって唇を噛みました。すると今度は、エイブリーさんの横に立った元ディストリー伯爵が、私に話しかけます。

「アンナ……、助けてくれ。私はお前に意地悪なことはしていなかっただろう。こいつが勝手にやっていたことなんだ」

元ディストリー伯爵は目を潤《うる》ませ、エイブリーさんを指さしながら、信じられない発言をしたのでした。

「ふざけたことを言いやがって」

アデルバート様が元ディストリー伯爵に近づこうとしたので、慌てて腕を掴んで止めます。

「アデルバート様、怒ってくださりありがとうございます。ですが、気にしなければ良いことです」

「気にしなければって、気にするだろ」

「悪いと思っていない人間に感情をぶつけても同じです」

これが自分のことではなかったら、私もアデルバート様と同じように怒ることでしょう。でも、自分のことだからか、馬鹿馬鹿しいという気持ちのほうが強いのです。

あくまでも冷静に対処することにします。元ディストリー伯爵に、厳しい口調で話しかけます。

「もう、あなたと私は他人です。しかも、あなたには過去に酷いことをされているんです。助ける筋合いはありませんよね」

「だから、私は何もしていないと言っているだろう！　お前が学園に通えることになったのも、私がお金を出してやったからだぞ！」

「そのことについては感謝していますが、学費を払うからといって子供を虐待しても良いなんてことはありませんよね」

「……わ、私は別に虐待なんてしていない！」

わかってもらえそうにないので、ちゃんと説明することにします。

「あなたがたとえ指示していなくても、屋根裏部屋に娘を別に住まわせるのを、おかしいと思わない親は普通ではありません。無関心は容認していることと同じですよ」

「しょ、しょうがないだろう。子育てはエイブリーに任せていたんだ。仕事が大変だったんだよ！」

元ディストリー伯爵は、自分は悪くないと言い張ります。

もう、いいかげんにしてほしいものです。

「アンナ、もういいわ。ごめんなさいね。あなたに嫌な思いをさせるつもりではなかったの」

お母様が近寄ってきて、私を抱きしめて謝ります。

「気にしないでください。私もエイブリーさんの悔しそうな姿が見られて、スッキリしましたから」

「……ありがとう。……でも、私は母親失格ね。自分のためにあなたをこんなところに連れてきたんだもの」

「私はそうは思いません」

「……本当に？」

「はい」

お母様が私の体を離したので、笑顔で頷きました。お母様は目に涙を浮かべています。憎い女性の子供である私を、こんな風に思ってくれているだけで十分です。

「私たちがいなければお前は生まれなかったんだぞ！」

「そうよ、感謝しなさい！」

元ディストリー伯爵夫妻は、生みの親であることをアピールしてきました。

さて、スッキリするにはもっと言わせてもらわなければなりません。元ディストリー伯爵では長いので、ディストリーさんと呼ばせてもらいます。

「ディストリーさん、お聞きしたいのですが、あなたはどうして、私にアンナと名付けたのですか？」

「……なんだって？」

「ですから、私の名前はどうしてアンナなのですか？」

「そ、それは、エイブリーが決めたんだ」

ディストリーさんは縋《すが》るような眼差しでエイブリーさんを見つめました。すると、エイブリーさんは焦った顔をして首を横に振ります。

「わ、私は知らないわよ！」

「知らないってどういうことだ!?　じゃあ、誰がアンナと名付けたんだ!?」

「知らないって言っているじゃないの！　役所の人間が勝手につけたんじゃないの!?」

「そんなことを口に出す段階で、普通ではありえないのですよ」

言い争いを始めた2人に、厳しい口調で真実を伝えます。

「名前をつけてくれたのは、以前、ここで働いていた執事です。あなたたちではなく、執事につけてもらえて本当に良かったと思っています」

「わ、悪かった！　心を入れ替える！　だから、過去のことは忘れて助けてくれ！　……そうだ。助けるのは私だけでいい！　エイブリーが一番酷い奴だからな！」

エイブリーさんを押しのけて、ディストリーさんは叫びました。

本当に救いようがないですね。

「嫌です」

「……は？」

驚いた表情のディストリーさんを見て、私も驚きます。

どうして、助けてもらえるなんて思うのでしょうか。

「私があなたを助けるわけがないでしょう」

言葉を区切り、お父様たちに体を向けます。

「お父様、お母様、ディストリー夫妻と話すことはもうありません。私とアデルバート様は別の場所で待っていても良いですか？」

「もちろんよ。本当にごめんなさい」

お母様は本当に後悔しているようで、まだ涙目のままです。私は、言いたかったことを言える機会をもらえて良かったんですけどね。

呆然としているディストリー夫妻に、笑顔で手を振って別れを告げます。

「では、さようなら。お元気で」

「ま、待ってくれ！　そんな冷たいことを言わないでくれ！」

背を向けた私でしたが、聞き捨てならない言葉だったので、足を止めて振り返りました。

「冷たい？　……そうですね。あなた方の血を引いているのですからそうなのでしょう。私は冷たいですから、あなた方を助けません」

にこりと微笑んでみせると、今度こそ、私は部屋から出ていきました。

「悪かった！　謝るから許してくれ！」

「アンナ！　ごめんなさい！　あの時は本当にどうかしていたわ！」

部屋から出ても２人の叫び声が聞こえてきました。

男児が生まれなかったからショックを受けていたと言いたいのでしょうけれど、それは虐待をしても良いという理由にはなりません。

「大丈夫か？」

「はい！」

笑顔で元気に頷くと、アデルバート様は優しい笑みを浮かべたあと、すぐに難しい顔になりました。

「ミルーナ嬢の姿がないが、一体、どうしているんだろうな」

「……私もそれは気になっていました」

私が来ているとわかれば、すぐに現れそうなものです。それなのに、現れないということは、この屋敷にはいないということなのでしょうか。


あとで確認してみたところ、ミルーナ様の姿がなかったのは、すでに彼女はロウト伯爵の屋敷に移っていたからでした。平民になったというのに、ロウト伯爵令息は彼女との婚約を破棄しなかったのです。それどころか、学園に通うお金も出してあげることになっていました。

なぜ、ロウト伯爵がそれを許したのかはわかりません。私たちの知らない、何か理由があるのかもしれません。

さすがのミルーナ様も今回の件は精神的なダメージが大きかったようで、私と食堂ですれ違っても、昔のように挑発的な態度を取ることはありませんでした。

ヴィーチは相変わらず、私を敵視していましたが、すれ違いざまに睨みつけてくるだけで、こちらが睨み返すと、舌打ちをして何も言わずに去っていくだけです。

ミルーナ様のことですから、また私への憎しみが再燃してもおかしくありません。警戒しながらも学園生活を楽しんでいるうちに、あっという間に最終学年になりました。

アデルバート様は18歳に、私は15歳になる年です。

ディストリー夫妻は離婚し、エイブリーさんは実家に戻りましたが、彼女のしたことは家族にも知れ渡っているため、現在はメイドとして置いてもらっているそうです。

ディストリーさんは平民になりましたが、贅沢な暮らしが忘れられず、手持ちのお金を全て使い切ってしまうと、裏の貸金《かしきん》業者にお金を借りました。その後は行方不明になっています。

◆◇◆◇◆

ニーニャとエイン様の交際は順調で、ミルーナ様がエイン様に絡むこともありませんでした。

ミルーナ様は大人しくなりましたが、今度はミドルレイ子爵令嬢が動き出したのです。ミドルレイ子爵令嬢は、食堂でアデルバート様を待ち受けては、一緒に食事をとろうとしました。

ですが、アデルバート様がミドルレイ子爵令嬢に心を許すわけがありません。

毎度、そっけない態度で対応していましたが、ミドルレイ子爵令嬢はそんなことを気にする様子は一切ありませんでした。現在のアデルバート様は、食堂で食事をするのをやめて、友人たちと毎日、食事の場所を転々としています。友人たちも特に食堂で食べなければならないわけではないので、自らアデルバート様に付き合って、毎日一緒に食べているようです。

ミドルレイ子爵令嬢はしばらくの間、アデルバート様を探し回っていたようですが、毎日場所が変わるので、とうとう諦めて、なぜか、私と一緒に食事をしようと言い出しました。


「ご一緒させていただいてもよろしいですかぁ？」

食事がのったトレイを持ち、間延びした声で話しかけてきたかと思うと、ピンク色の瞳に垂れ目気味のミドルレイ子爵令嬢は、私たちが返事をする前に空いている席に座りました。

「一緒に食べても良いなんて、一言も言ってないんだけど」

ミルルンが強い口調で言うと、ミドルレイ子爵令嬢は両手を合わせてお願いします。

「わたし、クラスの女子に嫌われてるんです。だから、いつも1人ぼっちで寂《さび》しいんです。一緒に食べてもらえませんか？」

「家でも1人で食べているんですか？」

私が尋ねると、ミドルレイ子爵令嬢はツインテールにした金色の髪に触れながら答えます。

「いいえ。家では両親と一緒です」

「では、学園では1人で食べても良いのではないですか」

「そ、そんな！　アンナ様だって食事は家族ととっているのでしょう？」

「私の両親はとても忙しいので、食事の時間はバラバラなんです。少なくとも週に一度は夕食を3人でとろうという話はしていますが、毎日、一緒に食べているわけではありませんよ」

「友人と一緒に食べるから楽しいんじゃないですか！　わたしのお願いを聞いてくれないんですか!?」

「申し訳ございませんが、私とあなたは友人ではありません」

にこりと微笑んで言うと、ミルルンたちも同意します。

「そうよ。勝手に友達認定されて一緒に食べようとされても困るわ」

「大体あなた、アデルバート様につきまとっておいて、よくアンナに話しかけてこられるわね」

「アデルバート様を愛する者同士、仲良くしましょうってことです」

ミドルレイ子爵令嬢の神経はかなり図太いようです。笑顔でそう答えると、勝手に席に座り食事を始めてしまいました。

私は大きく息を吐いてから、ミルルンたちに謝ります。

「私のせいで申し訳ございません。私が席を移動します。そうすれば、ミドルレイ子爵令嬢も動くでしょうから」

「アンナは悪くないんだから気にしなくて良いわ」

シェラルはそう答えると、近くのテーブルに座っていた、私たちと同じ学年の女子に声をかけます。

「悪いんだけど、この子、引き取ってくれないかしら。1人で食事したくないらしいの。寂しいんですって」

「……いいわよ」

シェラルやミルルンは、すでにデビュタントを終えていて、社交場で知り合った友人がいます。その人たちに私とアデルバート様のことや、ミドルレイ子爵令嬢の話もしてくれているようで、シェラルの友人は笑顔でミドルレイ子爵令嬢に声をかけます。

「ねえ、こっちにいらっしゃいよ。一緒に食べましょう」

「え？　ええ？　いや、嫌です」

ミドルレイ子爵令嬢は、口に入れていたものを慌てて飲み込むと、首を何度も横に振りました。

「遠慮しなくていいのよ。そんなに1人で食べるのが寂しいのなら、学園のある日は毎日、一緒に食べてあげるわね」

「えっ⁉　いや、嫌よ、そんな！　助けて、おに――！」

ミドルレイ子爵令嬢は慌てて自分の口を押さえ、私を見つめました。どういうことかと思って尋ねてみます。

「……今、なんと言おうとしたんですか？　おに？」

「な、なんでもありません。今日は失礼します」

私が尋ねると、ミドルレイ子爵令嬢は食べかけの食事をテーブルに残したまま、逃げるように走り去っていきました。

そんな彼女の背中を見送ってから、ミルルンたちに尋ねます。

「……あの、記憶にあったら教えてほしいんですが、ミドルレイ子爵令嬢にお兄様はいたでしょうか」

「聞いたことはないわ」

「私も」

ミルルンとシェラルは訝しげな顔で否定しました。

ミドルレイ子爵令嬢は、なんと言おうとしたのでしょう。オニという名前の人でしょうか。

それとも、お兄様？

彼女にお兄様はいません。

お兄様、と言おうとしたのであれば、それは誰のことなのでしょうか。

その日の放課後、ちょうどアデルバート様と出かける予定でしたので、予約したカフェに向かう馬車の中で、昼休みの話をしてみました。

「アンナは、ミドルレイ子爵令嬢が、お兄様と言おうとしたんじゃないかと思うんだな？」

「はい」

「オニという名前がつく誰かの可能性はないのか？」

「それもあるかと考えはしたんですけど、お兄様と言おうとしたんじゃないかと思ってしまうんです」

なんの根拠もありません。私が知らないだけかもしれませんが、ミドルレイ子爵令嬢の周りにオニがつく名の人は確認できませんでした。

彼女はミドルレイ子爵家の養女です。どこの家の子供なのか、わからないというところも不自然です。

「ミドルレイ子爵令嬢に兄はいません。彼女が養女になったあとにミドルレイ子爵夫妻には子供ができて、その子は男の子ですが……」

「弟のことを、お兄様とは言わないよな」

「はい」

「跡継ぎが生まれたあとに、養女だからといって可愛がられていないわけでもなさそうだし、元の家が恋しいというわけでもないだろうし」

「そうですよね。侯爵家に釣書を送ってくるくらいですから、子爵夫妻は娘のことが余程可愛いのでしょう」

ミドルレイ子爵令嬢は、男性の庇護欲《ひごよく》をそそる可愛らしいタイプの令嬢です。少し甲高《かんだか》くて間延びした声が気に入らないという一部の女子生徒は彼女を避けているようですが、いじめられているわけではなさそうです。

受け止め方によって変わるかもしれませんが、無視をすることと関わらないようにすることとは、また違いますものね。

釣書の話をしたからか、アデルバート様が言います。

「言っておくけど、俺は見合いの件は断ってるからな」

「もちろん存じ上げております。ソールノ様から何度もお聞きしていますから」

ソールノ様というのは、アデルバート様のお母様のことです。何度かお会いしているのですが、娘がいないからか、私のことをとても可愛がってくれています。

会うたびに、アデルバート様が私のことを大事に思っていると教えてくれるので、不安になったことはありません。

私とアデルバート様には共通の秘密がありますから、裏切られることはないと安心しきっているのですが、もし、ミドルレイ子爵令嬢も同じように巻き戻っているなら、状況は違ってくるのでしょうか。

「……どうかしたのか？」

表情が曇ってしまっていたのか、アデルバート様が顔を覗き込んできました。

「大丈夫です」

「アンナがそんなに気にするなら、詳しく調べてもらうことにする。ピンチの時に助けを求める相手なら、なんらかの形でやり取りをしているだろうからな」

ミドルレイ子爵令嬢のことを警戒していましたが、学園の外での様子までは調べていなかったみたいです。

アデルバート様もまだ学生ですから、個人的に調べるにも限界があるのでしょう。まさか、昔、彼女に殺されただなんて、両親にも言えないですものね。何度も人生をやり直すだなんて、経験したことがある人にしか、なかなか信じられないことですから。

「ありがとうございます。お手数をおかけして申し訳ございませんが、よろしくお願いいたします」

「俺にも関わることかもしれないし、アンナのためなら苦じゃない」

「……ありがとうございます」

真剣な表情で見つめられて、心臓の鼓動《こどう》が速くなります。

ここ最近のアデルバート様は、急に男の子から男性に変わった気がします。

エイン様のことで、もう恋なんてしないと思いましたが、自分の気持ちを抑えるって、本当に難しいのですね。今になって、あの時のニーニャの気持ちがわかるようになりましたが、エイン様とアデルバート様を一緒にするのは失礼ですかね。

◆◇◆◇◆

その後、アデルバート様がご両親に相談したところ、ミドルレイ子爵令嬢の出生を調べてもらえることになりました。個人的なことを他人が深く探るというのは、一般的に良いことではありません。普通なら、ミドルレイ子爵令嬢の学園でのつきまとい行為を抑えつければ良いのですが、くだらないことに権力を使いたくなかったようです。でも、私のために堪忍袋《かんにんぶくろ》の緒が切れたという設定で調べてくれるそうです。

調べてもらっている間は学園生活に専念していたのですが、16歳になるということで、私も社交界デビューをすることになりました。悲しいかな、今までの人生で社交界デビューをしたことが一度もありませんので、不安な気持ちもありますが、ここは開き直っていこうと思います。

私たちの住んでいる国では、デビュタントの際のパートナーは、婚約者がいる人は婚約者でもかまわないのですが、一般的には父親がすることになっています。ですので、私はお父様にパートナーになってもらうことにしました。アデルバート様もパーティーに出席するので、晴れ姿を見守ってもらえますし、良いですよね。

ダンスの練習をしたり、礼儀作法を改めて覚え直したりするうちに、デビュタントの当日になりました。

「『うちの娘が一番可愛い！』」

お父様とお母様は、白のドレスを着た私を見てしまりのない顔になっています。

「ありがとうございます」

今まで社交場で見てきた、どの令嬢よりも可愛いと褒めてもらい、お世辞だとわかっていますが、嬉しくて笑みがこぼれてしまいます。

今日のパーティーは夜に行われますので、イブニングドレスです。シニヨンにした髪に大きめのピンク色の花飾りをつけてもらいました。

今日はニーニャたちも来るので、正装姿を見るのが楽しみです！

ただ、1つだけ問題がありました。今夜のパーティーにはヴィーチが来るのです。私の家は伯爵家ですので、侯爵家に招待状を送らざるを得なかったのです。そして、長男は出ず、ヴィーチだけ出席するという返事が来た時は、断ってくると思っていただけに焦りました。最近の彼が大人しかった分、今回のパーティーで何かしてくるかもしれません。

どんなことをしてこようが負けるつもりはありません。私が強くなったことをヴィーチは知りませんし、今回は「ティアトレイ」という商品名のシルバートレイもありますから、受けて立つことにします！


パーティーが始まり、私のお披露目《ひろめ》が終わったあとは歓談タイムになりました。シルバートレイを専属メイドに持っておいてもらい、アデルバート様のところに行くよりも先に、ニーニャたちのほうに向かいました。

私の姿を見た3人は、目を輝かせて褒めてくれます。

「「アンナ、すごく可愛い！」」

「アンナさん、……す、素敵です！」

「嬉しいです！　ありがとうございます！　でも、皆さんも本当に素敵です！」

ニーニャたちは落ち着いた色合いのドレス姿で、化粧や髪形が学園で会う時とは違っていて、いつもよりも美人に見えました。

「ありがとう！　それから、アンナ。社交界デビュー、おめでとう」

「ありがとうございます」

ミルルンたちに拍手され、照れながらお礼を言うと、

「ほら、早く行けよ」

「うるさいな。まだ話してるだろ」

という会話が聞こえてきました。

聞き慣れた声なので、顔を見なくてもわかります。クラスメイトの男子も呼んでいるので、アデルバート様とクラスメイトの男子がじゃれ合っているようです。

「ルージン、あなた、アデルバート様で遊ぶんじゃないわよ！　アデルバート様、申し訳ないんですけど、アンナをもう少しだけ貸してください！」

シェラルに叱られたルージンさんは「悪い、悪い」と苦笑し、アデルバート様は「気にしなくていい。ゆっくり話せよ」と答えました。

そしてすぐにアデルバート様は、ルージンさんの首を絞《し》めながら小声で言います。

「友人を優先しない男は嫌われるって、本で読んだって言っただろ！」

「落ち着け、アデル！　優先しすぎるのも良くない！　束縛《そくばく》するのが駄目だってことだよ！

ぐえええぇぇ」

ルージンさんが変な声を上げたので驚きましたが、アデルバート様たちを囲んでいるクラスメイトはみんな笑っています。ミルルンたちも吹き出したので、仲良しだからできることのようです。


アデルバート様だって、本気で首を絞めているわけじゃないでしょうし、仲が良いのは良いことですね。

特別クラスに入って本当に良かったです。入って1年目は変な人がいましたが、それからは良い人ばかりです。

和《なご》んでいる私に近づいてくる人がいました。

「おめでとうございます」

話しかけてきたのはヴィーチでした。タキシード姿のヴィーチは、今まで見たことのない爽やかな笑みを浮かべています。

こんなことを言ってはいけないのでしょうけれど、気持ちが悪いです。

得体の知れないものを見た衝撃が強く、お礼を言うのを忘れていました。

「本日は、ご参加いただきありがとうございます」

こちらも笑顔を作って礼を言うと、ヴィーチはとんでもないことを言います。

「アンナ嬢、よろしければ、このあと、一曲踊っていただけないでしょうか」

「え？」

驚いて聞き返すと、ヴィーチは首を傾げました。

「今日はダンスをする時間はありますよね」

「も、もちろんありますが」

どうして、私がヴィーチと踊らなければならないんですか⁉　何か魂胆《こんたん》があるのが見え見えではないですか！

警戒していることがわかったのか、ヴィーチは苦笑します。

「今まで失礼な態度を取っていたことを反省しているんです。心を入れ替えましたので、仲良くしていただけないでしょうか」

「申し訳ございませんが、それはできません」

めでたい場所で嫌な話をしたくはありませんが、曖昧《あいまい》に答えるわけにもいきません。躊躇せずにお断りします。

「したほうはすぐに忘れるかもしれませんが、されたほうはそう簡単に忘れられるものではないのです」

「おっしゃっていることはよくわかります。ですが、私も反省しているんですよ。その気持ちを理解していただけませんかね」

「謝る立場の人間が言う言葉だとは思えませんが？」

「……誠意を伝えたいので、まずは、仲直りするためにダンスを踊ってもらえませんか」

大勢の前ではできない話をしたいようです。一体、ヴィーチは私と何を話すつもりなのでしょう。……と、ミルーナ様の話しかないでしょうね。

さて、どう断ろうかと考えていますと、いきなり後ろから、誰かに抱きしめられました。

「ひあっ⁉」

背後を警戒しておらず、無防備だったため、かなり驚いて変な声を上げてしまいました。私を後ろから抱きしめている相手は、そんなことは気にせずにヴィーチに話しかけます。

「お前はアンナとダンスはできない。悪いが、アンナに触れていい男は俺だけなんだ」

アデルバート様はそう言うと、私を抱きしめる腕を強めたのでした。

思いもよらなかった展開に、心臓が口から飛び出そうです。

視界の隅《すみ》に入ってきたニーニャは、なぜか顔を両手で覆って恥ずかしがっています。恋人が

いるニーニャがそこまで恥ずかしがるなんて、どういうことでしょう？

も、もしかして、2人は、まだ、手を繋《つな》いだりもしていないとか⁉

どうでも良いことを考えてあわあわしていると、ミルルンとシェラルがニヤニヤしている顔が見えて、スッと冷静に戻りました。

「あ、あの、アデルバート様！」

「なんだ？　苦しいか？」

耳元で囁くように尋ねられたので、一気に体の熱が上昇します。

「く、く、苦しいです！　心臓が持ちません！」

「心臓？　……ああ、もしかして意識してくれてるのか？」

「してます！　当たり前じゃないですか！」

お腹に回されたアデルバート様の手を掴んで言うと、なぜか手を握られてしまいました。

私が手を握ったら照れていたアデルバート様は、一体どこに行ってしまったんでしょうか⁉

「まあ！」

「なんの騒ぎだ」

騒がしくなったので、お父様とお母様がやってきました。お母様は私とアデルバート様の姿を見ると、一瞬だけ驚きはしたようですが笑顔に変わりました。でも、すぐに近くにいるヴィーチに気がついて、眉根を寄せます。

お父様は不満げな表情で、アデルバート様に話しかけます。

「アデルバート様、娘と仲良くしてくださるのはありがたいのですが、まだ、アンナは15歳です」

「これは失礼しました」

アデルバート様が私を抱きしめていたのには理由があります。でも、アデルバート様は今この場で、その理由を説明する必要はないと思ったようでした。誤解されたままもどうかと思いますので、私が話しかけます。

「お父様、あとで事情を説明いたしますね」

「自分が大人げない態度を取っていることはわかっているよ。アデルバート様、無礼《ぶれい》をお許しください」

「俺があなたの立場なら同じことを思うでしょうから、気になさらなくて結構ですよ」

アデルバート様は抱きしめていた腕を解《ほど》くと、呆気にとられた顔をしているヴィーチに笑顔で言います。

「というわけで、アンナとのダンスは一生諦めてくれ」

「……わかりました」

ヴィーチは不満そうにしていますが、大勢の人の注目を浴びていることもあり、素直に引き下がって会場の外に出ていきました。

お父様が周囲の人に騒がしくしてしまったことを詫びると、予定時間になったのか、オーケストラの演奏が始まったのでした。

◆◇◆◇◆

その後はヴィーチの姿を見ることもなく、帰ったのだと思い込んでいました。実際は違っていて、そのことがわかったのは、パーティーが終盤に差しかかった時でした。お手洗いに行ってくると言って、会場を離れたニーニャがなかなか帰ってこないので、私が様子を見に行くことにしました。

ミルルンたちが見てくると言ってくれたのですが、なぜだか、嫌な予感がしたからです。シルバートレイをメイドから受け取り、念のため、アデルバート様に声をかけると、一緒に来てくれることになりました。

お父様たちにも話をしておこうと思いましたが、来客の対応で忙しそうですので、報告はミルルンたちに任せました。きっと、すぐに連絡してくれることでしょう。

ニーニャはお手洗いにいませんでした。それだけでなく、普段使っているポーチが廊下に落ちているのを発見し、私とアデルバート様は顔を見合わせました。

「……ニーニャに何かあったのでしょうか」

「その可能性が高いな」

その時、ニーニャの侍女が泣きながら、私のところに駆け寄ってきて叫びます。

「アンナ様、助けてください！　今、警備の方が話してくださっていますが、マイクス侯爵令息が、無理やりニーニャ様を中庭に連れ出そうとしたのです！」

侍女に話を聞いたところ、ニーニャがお手洗いを出ると、ヴィーチが待ち構えていたとのことでした。ニーニャを助けようとした侍女は頬を叩かれたのか、右頬が赤くなっています。

様子がおかしいと気づいた警備兵が、ヴィーチに話を聞いてくれているそうです。ニーニャの侍女には、お父様たちに場所を伝えるようにお願いし、私とアデルバート様は急いで教わった場所に向かったのでした。

ニーニャの侍女に教わった場所は、中庭に続く扉がある場所でした。

「マイクス侯爵令息は、ニーニャを連れ出して何をするつもりなのでしょうか」

「どうにかしてアンナと話したいようだったから、伝言を頼むつもりだったのか、ニーニャを人質にしてアンナを呼び出すつもりだったか。今のところ考えられるのは、それくらいだな」

「私に近づいて、何をしようとしているんでしょうか」

アデルバート様が答える前に、私はニーニャの姿を見つけて叫びます。

「ニーニャ！」

「アンナさん！　アデルバート様！」

ニーニャは私たちのところへ駆け寄ってくると、何度も謝ります。

「ごめんなさい、ごめんなさい！」

「謝らなくて良いですよ。一体、何があったのですか？」

ニーニャをなんとか落ち着かせて、話を聞いてみることにします。

「よ、よ……、用事があるから、中庭に一緒に来いと言われたんです。どんな用かと尋ねたら、ここでは話せないって……。ア、アンナさんたちに……、ほ、報告してから行きますと言ったら、無理やり連れていかれそうになったので、助けを求めたんです」

「怖かったですよね。もう、大丈夫ですよ」

震える背中を優しく撫でると、ニーニャは泣き始めてしまいました。私がニーニャと話す間に、アデルバート様がヴィーチに問います。

「一体、どういうことだ」

「話があったから、人がいないところへ移動しようとしただけだ。君にどうこう言われる筋合いはない」

「婚約者がいる令嬢が、若い男に連れていかれそうになったんだ。気にするのは当然だろ。人がいないところへ連れていって、本当に話をするだけだったのか？」

「当たり前だろう！」

「話ならどこでもできるだろう。２人きりにならないといけない時点で、怪しまれても仕方がないんだよ」

アデルバート様に睨みつけられたヴィーチは、少し怯《ひる》んだ様子を見せました。

「ニーニャは戻っていてください」

「でも……」

怯えているニーニャを１人で戻すのも心配なので、警備兵に頼むと、頷きはしましたが尋ねてきます。

「アンナ様たちはどうされるのですか？」

「どうしても私と話したいようですから、聞こうと思います」

シルバートレイを見せながら笑顔で答えると、警備兵はニーニャを連れて会場のほうへ歩いていきました。私の実力を知っていますし、アデルバート様もいるので、大丈夫と判断したのでしょう。

警備兵とニーニャを見送ってから、ヴィーチに話しかけます。

「マイクス侯爵令息、話したいことがあるなら、今のうちにどうぞ。すぐにお父様たちが来ますわよ」

「……2人きりで話がしたい」

「お断りします。今、ここで話してください」

「個人的な話なんだ！」

「アンナに嫌なことをしておいて、自分の願いは聞いてほしいなんて、都合の良いことを言うな。話を聞いてもらえるだけでも感謝しろよ」

アデルバート様に厳しい口調で言われたヴィーチは、舌打ちをしたあとに渋々《しぶしぶ》といった様子で口を開きます。

「アンナ嬢、僕は、恋愛対象として君のことが好きになった」

「はい!?」

「はあ？」

私とアデルバート様が大きな声で聞き返すと、ヴィーチは不機嫌そうに眉根を寄せました。

ヴィーチが私を好きになったなんて嘘です。絶対に何か魂胆があるに決まっています。

ヴィーチは笑顔を作って話しかけてきます。

「最近の君はよく頑張っているし、顔だって可愛くなったよね」

「あの、申し訳ございませんが、気持ちを伝えていただいても私は、ありがとうございました、としか言えませんので、もう良いです」

ヴィーチの言葉を遮《さえぎ》り、笑顔で話を続けます。

「私を好きだと言ってくださるのはありがたいことですが、気持ちには応えられません」

「そ、そんな、少しくらい考えてくれてもいいだろう」

「私にはアデルバート様がいるのですよ？　考える必要もないでしょう。ですので、もし、次にあなたが私や友人につきまとうなどの迷惑行為をした場合は、マイクス侯爵家がそれを許しているものだとして、社交場で話します」

「や、やめてくれ！」

さすがのヴィーチも、家族の名誉を汚されるのは嫌なようです。焦った顔をするヴィーチに、シルバートレイを持ったままカーテシーをします。

「本日はお越しいただき、ありがとうございました。気をつけてお帰りになってください」

「ちょ、ちょっと待ってくれ！」

手を伸ばしてきたヴィーチの手を、シルバートレイで叩きます。

「私の大切な友人に怖い思いをさせたんです。お咎《とが》めなしで帰らせてもらえるだけ、ありがたいと思ってくださいませ」

「気持ちを伝えたんだぞ！　そんな態度はないだろう！」

「これ以上何か言うなら、俺が相手になるぞ」

「ぐっ！」

アデルバート様に睨まれたヴィーチは、悔しそうな顔をしていましたが、それ以上は何も言うことができませんでした。

◆◇◆◇◆

次の日の朝、ヴィーチが自分で先に伝えたのか、マイクス侯爵家から謝罪の手紙とお詫びの品がたくさん贈《おく》られてきました。

どうせ今回のことは公にはしないのだから、受け取っておきなさい、とお父様から言われましたので、贈り物へのお礼の手紙を書きました。

それからのヴィーチは、食堂で私を見ると、踵《きびす》を返して反対方向に歩いていくという、子供みたいな態度を取るようになりました。

本当に侯爵令息なんですかね。

……と言いたいところですが、絡まれないのは良いことですので、あまり考えないようにしました。

そんなヴィーチを見た日の昼休み。ミルルンが、不思議そうな顔で言いました。

「結局、マイクス侯爵令息は、アンナに何をしたかったのかしら」

ミルルンたちには、ヴィーチから嘘の告白をされたと話しているので、疑問に思ったようです。私も理由はわからないままだったので、首を傾げて答えます。

「はっきりとした理由はわからないのですが、ミルーナ様の件だと思うんですよね」

「ミルーナ様の立ち位置は、アンナにとっては厄介《やっかい》よね。平民になったんだし、前ほど遠慮する必要はなくなったと思ったのに、未来のロウト伯爵夫人となると……というやつよね」

ミルルンはフォークを皿の上に置いて、ため息を吐きました。

「マイクス侯爵令息も気になるけど、どうしてロウト伯爵令息が、ミルーナ様との婚約を破棄しなかったのかも気になるわね」

「ロウト伯爵令息は、ミルーナ様のことを本気で愛しているのだと思います」

不思議そうにするシェラルに答えると、驚いた顔をして首を横に振ります。

「失礼なことを言うけれど、そこまで執着するほど、ミルーナ様が魅力的とは思えないわ」

「私もそう思いますが、人の好みはそれぞれです。ニーニャがエイン様を好きになった時、私たちは驚いたでしょう？　それと同じ感覚なのかもしれません」

「エイン様はニーニャと付き合ってからは真面目になっているし、まだ、わからないでもないけど」

ミルルンが眉根を寄せて、ニーニャとエイン様が座っているテーブルを見つめます。シェラルたちが疑問に思う気持ちはわかります。私には想像もつきませんが、ロウト伯爵令息にとって、何か良いところがあるから好きなのでしょう。

「ロウト伯爵令息しか知らない一面があるのかもしれません」

「顔はすごく美人だから、外見がタイプなだけかもしれないわよね」

笑って言ったミルルンでしたが、私の背後を見て笑みを消しました。その様子を不思議に思って振り返ると、後ろにロウト伯爵令息が立っていました。

「話し中にすまない。僕の名前が聞こえたものだから、なんの話かなと思ったんだ」

「それは失礼いたしました」

そんなに大きな声で話していませんから、たまたま、近くにいたということでしょうか。それとも聞き耳を立てていたとか？

そんな疑問が浮かびましたが、それには触れずに謝ると、ロウト伯爵令息が小声で話しかけてきました。

「マイクス侯爵令息と色々あったみたいだね」

「……どうしてご存知なのですか？」

先日のパーティーの出席者は、私や両親と仲の良い貴族が多かったため、外に話す人はいないはずです。どうして、ロウト伯爵令息が知っているのでしょうか。

「マイクス侯爵令息から聞いたよ。自分勝手な理由で告白されるなんて、本当に迷惑だよね」

「……どういうことでしょうか」

ロウト伯爵令息は、ヴィーチが私に告白した理由を知っているみたいです。気になって聞いてみると、ロウト伯爵令息は微笑みます。

「ミルーナが過去にやったことを考えたらわかると思うよ」

「……ミルーナ様が？」

あの人が過去にやったこと？

——まさか。

「そういうことだったんですね」

ヴィーチが告白してきた理由がわかりました。誰かに頼まれたわけではなく、自分のためだったんですね。

「気づいたみたいだね。大丈夫だと思うけど、あんな奴に落とされないでほしい。どちらかというと、僕を好きになってほしいかな」

ロウト伯爵令息は笑いながらそう言うと、離れていきました。

「ちょっと、アンナ、どういうこと？」

ミルルンの質問に、確信を持って答えます。

「ヴィーチはミルーナ様をよく知っています。ですから、ミルーナ様が私の婚約者を奪いたがる性格であるのも知っていたはずです」

「え!?　じゃあ……」

驚きの声を上げたシェラルに頷いてから、口を開きます。

「マイクス侯爵令息は、私の婚約者になって、ミルーナ様に自分を私から奪ってもらおうとしたんです」

エイン様の時だって、ロウト伯爵令息という婚約者がいるのに奪ったんですもの。一度あったことが二度あっても、ミルーナ様の場合はおかしくないですからね。

教室に戻って、ロウト伯爵令息からの助言で思いついたことを話してみると、納得してくれたのか、アデルバート様は頷きました。

「そう言われてみればそうだな。ミルーナ嬢はアンナにかなりこだわっていたし、婚約者を奪ったのもアンナのものは自分のものという考えからだったみたいだしな」

「そのことにマイクス侯爵令息が気づいたのであれば、自分を選んでもらうために、私を誘惑しようとしたのかもしれません」

「でも、アンナはもう妹じゃない。それに、婚約者がいる相手を誘惑するなんておかしいだろ」

「普通の人はそう考えますが、マイクス侯爵令息は違います。ミルーナ様と同じ考えで、私の人生などどうでも良いのでしょう」

「最低な奴だな」

アデルバート様は呟いたあと、難しい表情のまま話を続けます。

「ロウト伯爵令息はミルーナ嬢に自分を奪わせたいから、アンナに好きになってほしいと言ったんだろう？　けど、すでに彼は婚約者だ。なんで、そんなことを言うんだ？」

「ミルーナ様が、まだ私にこだわっているのかもしれませんね」

「希望を口にしただけとはいえ、俺にしてみれば気に入らないな」

「私がロウト伯爵令息を選んだりしたら、アデルバート様を裏切ることになりますものね」

「アンナを信じてるけど、気に入らないものは気に入らない。人の婚約者を狙っているんだからな」

アデルバート様は、自分のことを舐められていると感じたみたいです。それはそうですよね。

「もし、私がロウト伯爵令息を好きになったとしても、私が勝手に好きになったと言い張るのでしょうね」

「自分は悪くないってか」

「そういうことでしょう。……ミルーナ様への復讐のことだけを考えるなら、ヴィーチの思惑に気づかないふりをすれば良いのですけど、好きなふりをするのは無理です」

頑張って演技をしようとしても、ストレスでどうかなってしまいそうです。

「アンナが頑張らなくても、このまま行けばマイクス侯爵令息はどうせ不幸になる。ミルーナ嬢はロウト伯爵令息と結婚するだろうからな。それだけで、彼はかなりのショックだろう。今は無理して動かなくていい」

「……ありがとうございます。私はアデルバート様の婚約者ですから、演技でも違う人を好きなふりをするのは無理です」

問題は残っていますが、私が眉間に皺を寄せているアデルバート様に微笑むと、笑顔を見せてくれました。でも、すぐにまた、難しい表情になって言います。

「考えてみたら、マイクス侯爵令息は、ミルーナ嬢が結婚したあともアンナを憎んでいたんだよな」

「そうなんです。それが問題なんですよね」

ヴィーチについては、まだ警戒を怠《おこた》ってはいけません。それに、ロウト伯爵令息のことも気になります。

どうせ殺されるのだと最初は思っていましたが、今が幸せですので、やっぱり殺されたくありません。アデルバート様のように生き残る未来を勝ち取らなければ！

◆◇◆◇◆

特に動きがないまま数日が過ぎた頃、ローンノウル侯爵からミドルレイ子爵令嬢のことがわかったと連絡がありました。

学園が休みの日にローンノウル侯爵邸に向かうと、侯爵夫妻が揃って出迎えてくれました。

応接室に通されてから最初の1時間ほどは、デビュタントの時の話などで、侯爵夫妻から恥ずかしくなるくらい褒めちぎられました。

成績だけでなく、外見や性格まで褒められると、お世辞だとわかっていても調子に乗ってしまいそうで危ないところでした。アデルバート様が、

「アンナが可愛いのは前からわかっているでしょう。本題に入ってください」

と言ってくれて、やっとミドルレイ子爵令嬢の話になったのでした。

ミドルレイ子爵令嬢は、生まれてすぐに養女に出されたそうです。

……というのは、ミドルレイ子爵令嬢も、私と同じように、本当の両親からいらない子だと判断されてだと教えてもらいました。

「どうして、いらないと言われたのでしょうか」

「望んでいなかった子供らしい」

「……そうだったんですね」

アデルバート様のお父様であるデルト様は、眉尻《まゆじり》を下げて言います。

「彼女の場合は、幼い頃から自分が養女であることを知らされていた。だから、本当の兄との交流も密かに行われていたらしい」

「それなら、養女に出さなければ良かったのではないでしょうか。本当にいらない子だったのですか？」

デルト様に言っても意味がないのに、つい、強い口調で聞いてしまいました。デルト様は気を悪くした様子は見せずに答えます。

「ここからが信じられない話なんだが、その家に女の子が生まれると、不吉だということで養女に出された。だから、家にとってはいらない子なんだ」

「……不吉、ですか」

「ああ。その家では女の子が生まれると、禁断の魔法が使えるようになるらしい」

「『禁断の魔法？』」

心当たりがある私とアデルバート様は、声を揃えて聞き返しました。

デルト様が言うには、禁断の魔法について、ミドルレイ子爵令嬢は幼い頃にメイドに話しており、そのメイドから聞いたとのことでした。

「ミドルレイ子爵令嬢は、人を死んでも生き返らせることができる、と言っていたらしい」

正確には時間を巻き戻すことができる、なのでしょうけれど、子供の時は理解できなかったのでしょう。

子供の言うことだから夢で見た話だろうと思い、メイドは笑って聞き流したそうですが、私とアデルバート様にとっては笑い事では済みません。

「私も子供の作り話と思ったんだが、心当たりでもあるのか？」

私たちの反応を見て、デルト様が尋ねてきました。

何度も人生をやり直していると話しても良いのかわからなくて、アデルバート様を見ると、悲しそうに顔を歪めたのでやめました。

何度目の時だったか忘れてしまったそうですが、アデルバート様は、巻き戻りの話を両親にしたことがあるそうです。そして、その時は自分だけでなく、事故という形で、家族も一緒に殺されてしまったそうです。それを考えると、両親を巻き込みたくない気持ちはわかります。

何がきっかけで人の殺意が湧き上がるのかはわかりません。この話は、今となってはミドルレイ子爵令嬢にしてみれば知られたくない話でしょう。デルト様たちの身の安全を考えると、嘘だと思ってもらっていたほうが良いのですよね。

「……いえ。驚いてしまっただけです。きっと、作り話だと思います。人を生き返らせるなんて無理ですもの」

「そうだよ、夢物語だ」

何も知らないと嘘をつくのは心苦しいです。でも、デルト様たちを巻き込みたくないので、私たちは知らないふりをしたのでした。

帰りは、アデルバート様が家まで送ってくれることになりました。馬車に乗り込んで、情報を整理します。

ミドルレイ子爵令嬢は、彼女のお兄様も同じように、禁断の魔法が使えると言っていたようです。2人に接点ができたのは、彼の両親が養女に出した娘を監視《かんし》するために、兄と近づけさせたからだと考えられます。そして、禁断の魔法の使い方をミドルレイ子爵令嬢に教えたのは、彼女の兄なのでは。監視役につけたつもりが、息子が両親を裏切った形になるのではというのが、私とアデルバート様の考えでした。

「兄が黒幕だったとはな……」

「……そうですね。でも、言われてみれば納得はできます」

「だから、アンナを気にしていたんだろうけど、どうして、アンナの運命を変えようとしたんだろうか」

「わかりません。私が殺されたからでしょうか」

「アンナが殺されて困ることがあったから、アンナを生き返らせたということか？」

本人に話を聞いたわけではありませんし、まだ、時間が巻き戻ることの詳しい話はわかりません。

「私が殺されて困ることってなんなのでしょうか」

「アンナの死因は、俺と違って大体同じだったよな。……ということは」

アデルバート様は眉根を寄せて、

「そういうことか」

と呟きました。

「何かわかりましたか？」

「ああ。本人に確認したわけじゃないから、絶対とは言えないけどな」

「ぜひ、教えていただきたいです！　それから、あとで良いのでアデルバート様が人生を巻き戻されていた件について、どういうことかわかりますか？」

「俺のほうは全くわからない。アンナはわかりそうか？」

「私も絶対とは言えませんが……、ミドルレイ子爵令嬢の考えは単純だと思います。初めてアデルバート様の時間が巻き戻されたのは、彼女が6歳の頃です。1回目は、アデルバート様が亡くなったことがショックで、時間を巻き戻したのではないでしょうか」

アデルバート様は首をひねりながら答えます。

「俺と彼女には、ずっと接点がないんだ。それなのに、どうして俺のことが好きなんだ？」

「アデルバート様が気づいていないだけで、何かあったのかもしれませんね」

これからどうしていくか話しているうちに、馬車は私の家に辿《たど》り着いたのでした。

◆◇◆◇◆

「君に話したいことがある」

デルト様から話を聞いた次の日の放課後、ニーニャたちと別れ、馬車に乗り込もうとした私に声をかけてきたのは、ロウト伯爵令息でした。

ロウト伯爵令息は、私が1人になるのを待って話しかけてきたようです。でも、友人と別れただけで1人きりではありません。護衛騎士はいつも門の外で待っていて、今は御者《ぎょしゃ》もいますし、馬車には私の専属メイドも乗っています。周りにちらほらと生徒がいて、不思議そうにこちらを見ていますので、馬鹿なことはしてこないでしょう。

「申し訳ございませんが、日にちを改めていただけませんか。両親にはいつもの時間に帰ると伝えているのです」

「御者に先に帰ってもらえばいいんじゃないかな。帰りは僕が送るよ」

「どんな誤解を生むかわかりませんから、婚約者以外の男性の馬車に乗ることはできません」

「いいから言うことを聞いてくれ！」

ロウト伯爵令息が私に向かって手を伸ばしたので、メイドからシルバートレイを受け取り、鼻先に軽くぶつけます。

「それ以上近づくようなら、容赦《ようしゃ》しません」

「……っ」

後ずさりしたロウト伯爵令息と私の間に、慌てて御者が入って叫びます。

「ロウト伯爵令息、乱暴な真似はおやめください！　人を呼びますよ！」

「話をするだけなんだ。聞いてくれるなら、乱暴な真似はしない」

「聞かなければ乱暴な真似をするということですか？」

シルバートレイを下ろして尋ねると、ロウト伯爵令息は眉間に皺を寄せて答えます。

「君たちが知りたがっている答えを伝えたいだけだよ」

「でしたら、こんなところではなく、落ち着いた場所でお聞かせください。そして、私だけでなく、アデルバート様も一緒に聞きます」

「……別にローンノウル侯爵令息は関係ないだろう」

「関係あります。それはあなただってよくご存知ではないのですか？」

御者たちに聞かれたくないのは、ロウト伯爵令息も同じはずです。睨みつけて強気で言うと、ロウト伯爵令息は大きな息を吐きました。

「わかったよ。日時と場所は僕が指定してもいいかな」

「かまいませんが、危険だと判断した場合は、場所の変更をお願いするかもしれません」

「……わかった」

ロウト伯爵令息は恨めしそうな顔で私を見つめたあと、大人しく去っていってくれました。

もし、無理に私を連れていこうものなら、シルバートレイで攻撃するか、肘鉄《ひじてつ》か膝蹴《ひざげ》りをお見舞いして差し上げるつもりでしたが、ロウト伯爵令息はそこまで馬鹿な人ではないようで良かったです。

「アンナお嬢様、すぐにお守りできずに申し訳ございませんでした」

「わたくしめも声をかけるのが遅くなり、申し訳ございません」

メイドと御者が平謝《ひらあやま》りするので、笑顔で首を横に振ります。

「大丈夫ですよ。それから、助けてくれてありがとうございます」

御者が叫んでくれたので、周りの視線がこちらに集まったから、ロウト伯爵令息がすんなり引いてくれたのだと思います。

それにしても、ロウト伯爵令息は目立つことを嫌っているはずなのに、わざわざ、学園で話しかけてきたことが気になります。

アデルバート様には聞かれたくない話だったのでしょうか。それとも、アデルバート様にはミドルレイ子爵令嬢から話をさせるつもりだったのか……。

1人で考えても解決できそうになかったので、屋敷に戻り、アデルバート様に手紙を書いて、夜のうちに届けてもらうことにしたのでした。

アデルバート様からは、その日のうちに返事が来ました。次の日も学園なので、返事は明日と思っていたので驚きましたが、手紙の内容を見て、すぐに返事があった理由がわかりました。

なんとヴィーチが、アデルバート様に接触していたのです。しかも、その内容は酷いものでした。

ヴィーチはアデルバート様に、ミルーナ様とデートしてほしいと言ったのだそうです！

アデルバート様はあまりにも驚いたので、『お前は頭が悪いのか？』と言ってしまった、と書かれていました。

前々からそう思っていたようですけれど、口には出さないようにしていました。でも、デートしろなんて言われたら、何を言っているのか？　と思って、本音《ほんね》を口に出してしまう気持ちはわかります。

一体、ヴィーチは何を考えているのでしょうか。私に好きになってもらうことが無理だったから、アデルバート様とミルーナ様を近づけようとしたとかですか？

一気に物事が動き始めて、頭の整理が追いつきません！

時計を見ると、もう日付けが変わりそうです。お肌《はだ》が荒れてはいけませんので、とりあえず眠ることにしたのでした。

◆◇◆◇◆

次の日、いつもよりも少し早い時間に登校し、私たちしかいない教室でアデルバート様と話しました。

アデルバート様によると、ヴィーチは誰かに頼まれたわけではなく、ただミルーナ様を幸せにしたくて動いているだけだ、と言ったそうです。

「なんで俺とミルーナ嬢がデートしないといけないんだ？　と聞いたら、デートすれば必ずミルーナ嬢を好きになるからってさ。そんなわけないのにな」

「ミルーナ様は一部の男子に人気がありますし、マイクス侯爵令息も本当にミルーナ様が好きなのでしょう」

「人の好みに文句を言うつもりはないが、たとえミルーナ嬢に良いところがあったとしても、それだけで好きになるわけじゃないだろ」

「そうなんですが、考え方が凝《こ》り固まっているんじゃないかと思います」

「どういうことだ？」

前の席に座るアデルバート様が不思議そうにするので、たとえ話をしてみます。

「ヴィーチにとっては、ミルーナ様が最高の女性なんです。だから、その良さが他の人にわからないはずがない」

「……わからないんだが」

「わからないなんておかしいというのが、ヴィーチの考えなんだと思います」

「このままだと、一生、平行線で終わるな」

アデルバート様はうんざりした様子で言いました。

「どうせなら、ヴィーチが私に手を出してくれたら、殴り飛ばして黙らせるのですが……、あっ！」

ついいつものようにヴィーチと呼び捨てにしてしまっていたので口を押さえると、アデルバート様は不満そうにします。

「マイクス侯爵令息は呼び捨てかよ」

「……どういう意味でしょうか？」

「俺はアンナの婚約者だよな？」

「はい！」

「なら、アデルでいいんじゃないか？」

じぃっと拗《す》ねたような顔で見つめられたので、ドキドキする胸を抑えて口を開きます。

「ア、アデル……さま」

「結局、様はつけるのかよ」

アデルバート様……ではなく、アデル様は、いっぱいいっぱいになっている私を見て微笑みます。

「まあ、いいや。昨日からイライラしていたんだが、アンナのおかげで治った」

「……もしかして、アデルと呼んでほしかったのですか？」

「呼んでほしかったっていうか、同性の友人はみんなアデルって呼ぶからな。一番、親しいはずのアンナが呼んでくれないのは気になってた」

「も、申し訳ございません！」

「謝るなよ。アンナは何も悪くないって。嫌だったとかじゃなくて、呼んでもらえたら嬉しいだけだ」

呼び方によって、受け取る時の印象が違ったりしますものね。私だって、ニーニャたちからレイガス伯爵令嬢と呼ばれるよりも、アンナさんや、アンナと呼ばれたら、親しい友人のような気がして嬉しいですし。

でも、アデル様がそんな子供っぽいことを考えていたなんて、可愛らしいところもあるのですね。

ニコニコしていると、

「何がそんなに楽しいんだよ」

と不満そうに言いつつも、笑ってくれました。

そうこうしているうちに普段の登校時間になったので、ニーニャたちと合流する前に1限目の準備をしようと、机に手を入れた時でした。

教科書ではない何かが手に当たりました。

何かのプリントかと思い、出してみると、日時と場所が書いてありました。誰とは書いていませんが、タイミング的にロウト伯爵令息からでしょうか。一応、昼休みに本人に確認しようかと思いましたが、指定の時間が今日の昼休みでした。

しかも学園の屋上です。改めて読み直してみると、『必ず来い』と命令形になっていたので、相手はヴィーチだと判断しました。

本当にしつこい人です！　アデル様が駄目なら、また私をということでしょうか！　アデル様に相談して、ローンノウル侯爵家から苦情を入れてもらいましょう。

「ど、どうかしましたか？」

教室に入ってきたニーニャが心配そうな顔で尋ねてくるので、笑顔で頷きます。

「大丈夫ですよ。他のクラスの人がわざわざゴミを入れたみたいです」

私の机に入っていただけで、宛名《あてな》は書かれていません。大事な昼休みの時間を潰されたくありませんので、私はその紙をアデル様に見せて、あとはお任せしたのでした。

昼休み、私が来ないことに痺《しび》れを切らして、ヴィーチがやってくるかもしれないと、ミルルンたちと話していました。ですが、彼はなかなか食堂に姿を現しませんでした。和やかに食事を済ませ、教室に戻ろうと出入り口に向かっていると、突然、叫び声が聞こえました。

「何するのよ！」

「それはこっちの台詞ですわ！」

女性同士が言い争っているようです。その、どちらの声も聞いたことがありましたので、私はミルルンたちに話しかけます。

「ミドルレイ子爵令嬢とミルーナ様の声です。もう少し、食堂にいても良いですか？」

「もちろんよ。それにしても、出入り口は1つしかないんだから、そんなところで喧嘩しないでほしいわね。みんなの迷惑になるじゃない」

シェラルが眉根を寄せて言いました。どうして2人が喧嘩をしているのか気にはなりますが、私を見れば、2人の怒りの矛先《ほこさき》は私に変わるでしょう。私は良い人ではありませんので、自分を犠牲にしてまで喧嘩を仲裁《ちゅうさい》する気はありません。

「アデルバート様はあたしのものよ！」

「いいえ！　いつかはわたしのものになる人です！」

ミドルレイ子爵令嬢とミルーナ様は、アデル様を取り合って喧嘩しているようです。

それにしても、いつの間にアデル様はミドルレイ子爵令嬢のものになったのでしょうか。ミルーナ様も婚約者がいるのに、そんなことを言って良いんですかね……。

「おい、アデル。お前を巡《めぐ》って、女性2人が取っ組み合いの喧嘩してるぞ」

「警備員が止めてくれるだろ」

今日は食堂で食べていたようで、アデル様の声が聞こえて振り返ると、うんざりした様子のアデル様の姿が見えました。

「あんたなんて、お呼びじゃないのよ！　どうして、今回はアデルバート様を気にするの！　今まではフロットル卿が好きだったんでしょう!?」

「エイン様のことはもう忘れたの！」

「何よ、それ！　あんたにはロウト伯爵令息がいるでしょう！　痛いじゃないの！　髪を引っ張らないでよ！」

聞いているだけで、なんだか気の毒な気持ちになる会話です。

「アンナ嬢」

ロウト伯爵令息が近づいてきて、私に小声で話しかけてきます。

「話し合いの場だけど、次の休みはどうかな」

「かまいません」

「場所だけど……」

ロウト伯爵令息が話している途中で、アデル様が体を割り込ませてきました。

「近づきすぎだ」

「……すみません」

アデル様に注意されたロウト伯爵令息は、素直に謝りました。

「アンナと話す前に、自分の婚約者が派手《はで》に喧嘩してるんだ。止めてこいよ」

「……わかりました」

ロウト伯爵令息は頷くと、私に視線を移して言います。

「場所は改めて伝えるよ」

「承知いたしました」

ロウト伯爵令息はアデル様に軽く一礼して、ミルーナ様たちのいる方向に歩いていきます。

すでに警備員や先生によって喧嘩は止められており、2人とも、職員室に連れていかれるようです。

「2人はどうして、喧嘩になったのでしょうね」

「わからない。気持ちはありがたいが、それ以外は迷惑なのは確かだな」

アデル様はそう言って、ため息を吐きました。

気持ちをありがたいと思わないといけないのは、いつか上に立つ人間なので、どんな気持ちも受け止めないといけないからなのでしょうね。となると、侯爵夫人になる私も、納得するしかないのでしょうか。

女性を不快にさせないようにするのが紳士なのかもしれませんが、押しつけてくる気持ちまで、ありがたいと思わなければならないのは大変ですね。


噂でしかありませんが、2人が喧嘩をした理由を聞いてみたところ、たまたま食堂を出るタイミングが同じだったようで、ミドルレイ子爵令嬢がミルーナ様に喧嘩を売ったようです。

今回の喧嘩がきっかけで、ミルーナ様の本性がバレてしまいました。親が爵位をなくし、可哀想だという同情の声もあった彼女でしたが、自分を助けてくれ、婚約者でもあるロウト伯爵令息を裏切る発言をしたため、軽蔑の眼差しを向ける人が増えたそうです。

それはそうですよね。婚約者がいるのに他の男性のことで喧嘩しているのですから。簡単に挑発に乗ってしまったのは、かなりのストレスが溜まっていたからなんでしょう。

……自分本位でわがままですから、自分のことを悪く言われて、腹が立っただけかもしれませんが。

放課後、ニーニャたちと馬車の乗降場に向かおうとしていると、後ろから声をかけられました。振り返って確認すると、声の主はヴィーチです。

「おい！　レイガス伯爵令嬢！」

「……なんでしょうか」

ヴィーチは怒りの形相《ぎょうそう》で叫びます。

「どうして来なかったんだ!?」

「……やはり、手紙の主はあなただったのですね」

「うるさい！　持たせるならまだしも、来ないなんてどういうことだ!?」

「宛名も差出人も書かれていないんです。怪しすぎて行く気にはなりません」

そういえば、ヴィーチは屋上で私を待っていたから、ミルーナ様の件は噂でしか知らないんでしょうね。どれくらい待っていたのでしょう。ここは謝らないといけないのでしょうか。

「……アンナ様」

憤《いきどお》っているヴィーチの後ろから、ミルーナ様が姿を現しました。外見の美しさは相変わらずですが、喧嘩をした時に引っかかれたのか、白い頬に3本の線傷があります。

「ごきげんよう、ミルーナ様」

「ご、ごきげんよう。あのね、わたしたち、仲直り、しない？」

「しません」

私は迷うことなく答えました。

この人たち、本当に自分のことしか考えていませんね！　ちょうど良い機会です。これを機に、２人との縁を無理やりにでも断ち切ることにしましょう。

心配そうにしているニーニャたちに、先に帰るように伝えると、シェラルが小声で、

「アデルバート様がまだいるか確認してくるわ！　もし、帰ってしまっていたら、先生を呼んでくるから！」

と言って、駆け出していきました。残ると言ったニーニャたちにも一緒に行ってもらい、反撃する準備を整えました。

これから、私がやろうとしていることは、彼女たちに見てほしくなかったのです。

深呼吸してから、ミルーナ様に話しかけます。

「仲直りも何もないでしょう。仲が良かった時なんてないのですから」

「そ、そんな冷たいことを言わないでちょうだい。本当に反省しているのよ」

「そうだ！　いちいち、文句を言うんじゃない！　お前はミルーナ嬢の謝罪を黙って受け入れればいいんだ！」

「黙るのはあなたですよ」

割って入ってきたヴィーチに言うと、彼は私に言い返されたことが屈辱なのか、悔しそうな顔をして言います。

「偉そうに言うようになったな」

「ありがとうございます。褒め言葉として受け取っておきます」

ミルーナ様は私の態度に驚いた様子でしたが、笑みを浮かべて手を合わせます。

「アンナ、お願い。わたしを許してよ。悪いことをしたと思ってはいるわ。だけど、あれは子供の頃の話よ。善悪の区別がつかなかったの。ほら、あれよ。両親のせいだわ」

「子供だからといって、何をしても良いわけではありません。両親が悪いというのは確かですが、あなただってある程度の判断ができる年になっていたはずです」

「……じゃあ、どうしたら許してくれるの？」

ミルーナ様は目に涙を浮かべて尋ねてきました。許すつもりはないですが、一応、聞いておきます。

「どうして私に許してほしいと思うのですか？」

「あなたに悪いことをしたと思っているからよ」

「私に悪いと思うのでしたら、黙って目の前から消えてください」

「そ、そんな言い方しなくても良いじゃないの！」

「どうせアデル様に近づきたいから、私と仲良くしようとしているだけなのでしょう？」

「ひ、ひ、酷いわ！」

うわあああ、と声を上げて、ミルーナ様は顔を覆いました。私にはすぐに嘘泣きだとわかりましたが、ヴィーチはそうとは思わなかったようです。

「ミルーナ嬢を泣かせるなんて許せない！」

叫ぶと、私に向かって拳を振り上げました。

ヴィーチは男性としてもかなりの大柄ですし、私は平均よりも小柄ですから、リーチの差がかなりあります。

騎士団長から、こういう場合は卑怯《ひきょう》と言われても良いから、狙えと指示された場所がありました。ですので、私は躊躇うことなく、狙えと言われた部分である男性の股間《こかん》に前蹴りを入れました。

「うぐっ！」

まさか、私がそんなことをすると予想していなかったのか、ヴィーチは防御もできずに、股間を押さえて座り込みました。そんな彼を見下ろして尋ねます。

「痛いですか？」

「……っ！　い、痛いに……、決まっているだろう！」

「それは失礼しました。でも、私に乱暴しようとしましたよね。そのための防衛ですから、お許しくださいね」

「ま、まだ……、してない」

「攻撃される前に自分を守らせていただきました」

「ううう、くそっ……！」

私にはどんな痛みか想像がつきませんが、余程痛いみたいです。ヴィーチは顔を上げることもできません。

こんなことを言ってはいけないとわかっていますが、ちょっといい気味ですね。

「あ、あなた、なんてことをしてるのよ！」

嘘泣きをやめたミルーナ様が近づいてきたので、拳を作って前に突き出します。

「それ以上近づいたら殴ります」

「な、なんて野蛮《やばん》な女なの!?」

「ミルーナ様に言われたくありません」

「わ、わたしは野蛮なんかじゃないわ！」

「昼休み、ミドルレイ子爵令嬢と暴《あば》れていたじゃないですか。そんな人と一緒にされたくありません」

「ぐぐっ」

ミルーナ様は悔しそうな顔をしたあと、どうせ私に殴れるはずがないと思ったのか、一歩前に近づいてきました。

攻撃されても良いのだと判断した私は、ミルーナ様の鼻に拳を一発だけ、手加減してお見舞いしてあげたのでした。

「いい、痛い、痛いぃっ！　なんてことをするのよっ！」

情けない声を上げて、今度は本当に泣き出したミルーナ様に、微笑んで言います。

「あなたは知らないかもしれませんが、私はもっと痛い目に遭っているのです」

「何をわけのわからないことを言っているのよ!?」

腰を折り曲げたままの状態で、顔から手を離すと、ミルーナ様の鼻から血が出ました。私は慌てて謝ります。

「ご、ごめんなさい！　そこまで強く殴ったつもりはないのですが！」

「わたしの鼻は繊細《せんさい》なのよ！」

「強く殴られたら、普通の人も鼻血が出るものですよ」

諭《さと》すように言うと、ミルーナ様はハンカチで鼻を押さえて叫びます。

「しょうゆう問題じゃにゃいのよ！」

「ミルーナ様は、こんな私と仲直りしたいですか？」

「したいわけにゃいでしょう！　なんにゃのよ！　今までのアンナとはまるで別人じゃないの！」

「ミルーナ嬢、大丈夫ですか⁉」

股間の痛みがマシになったのか、ヴィーチが駆け寄ると、慌ててミルーナ様はか弱いふりを始めます。

「うう。痛い、痛いわ。それになんなの！　あの子、本当に怖い」

「可哀想に」

ミルーナ様の背中を撫でながら、ヴィーチが睨んでくるので尋ねます。

「マイクス侯爵令息、あなたは、ミルーナ様の婚約者ではありませんわね？」

「そ、それがなんだって言うんだ」

「あなたが近づけば、婚約者がいるのに他の男性と仲が良いということで、ミルーナ様の評判はもっと悪くなりますよ」

わざとらしく頬に手を当てて言うと、ヴィーチは焦った顔をして、ミルーナ様から離れました。

「ミルーナ様、私は、姓は変われども、伯爵令嬢です。ですが、あなたはもう伯爵令嬢ではないのです。これ以上、無礼な真似をするのなら、あなたを保護しているロウト伯爵家への処分をお願いしますよ」

「処分って、わたしに何をするつもりよ!?」

「あなたに直接何かするわけではなく、ロウト伯爵家への処分です」

その言葉の意味がわかったのか、ミルーナ様はびくりと体を震わせました。

「ロウト伯爵家が貴族ではなくなるところまではいかないでしょうけれど、子爵に降格されるかもしれません。そうなった時、その原因を作ったあなたを、ロウト伯爵夫妻はどう思うでしょうか」

「……わたしを脅すの？」

「脅していません。忠告しているんです」

言葉を区切って、ミルーナ様からヴィーチに視線を移します。

「マイクス侯爵令息、あなたもです。あなたが迷惑行為をしていることをお父様に知られた場合、あなたはどうなるのでしょうね」

「……ぼ、僕はその……」

焦った顔になったヴィーチが、ミルーナ様を見て何か言おうとした時でした。

「アンナ！」

アデル様の声が聞こえたので、慌てて振り返ると、走ってくる姿が見えました。アデル様は私の隣に立つと顔を覗き込んできます。

「大丈夫か？　ニーニャたち全員を俺のところに来させるなんておかしいだろ！　どうして、1人になろうとするんだよ!?」

「いえ、あの、見られたくなかったのです」

「……何をだよ」

「その……、男性の股間を蹴ったり、あの……、ミルーナ様の鼻を」

「男性の股間？　ミルーナ嬢の鼻？」

アデル様が眉間に皺を寄せて聞き返し、ミルーナ様たちに目を向けました。鼻血を出しているミルーナ様は、そんな姿を見られるのが恥ずかしいと思ったのか、くるりと背を向けます。

「わ、わたしはこれで失礼します！」

そう叫ぶと、私たちとは逆の方向に向かって歩いていきました。そちらは少し行くと突き当たりになるので、戻ってこなければなりませんのに……。

「ミルーナ嬢、待ってくれ！」

ヴィーチもミルーナ様を追いかけていきます。2人して向こうで反省会でもするんでしょうか。2人が歩き去ると、アデル様は心配そうな顔で確認します。

「何もされてないか？」

「どちらかと言いますと、私がやったほうです。でも、わけのわからないことを言われはしましたので、ロウト伯爵家とマイクス侯爵家に苦情を入れてもらおうと思います」

「うちからも連絡する」

「ありがとうございます」

微笑んでお礼を言うと、アデル様は真剣な顔で言います。

「アンナが強いことはわかった。でも、1人で相手をしようとするな。俺たちは殺されやすいんだから」

「そうですね！　気をつけます！」

何度も殺されてしまうなんて、普通はありえませんものね。それにまだ、何が起きるかわかりません。殺されたくありませんから、気を引き締めていこうと思います。

＊＊＊＊

ミドルレイ子爵家の一室で、傷だらけになったビアナが叫ぶ。

「お兄様！　あんな女のどこがいいの!?」

今日は、ミルーナと派手に喧嘩をしたらしい。

妹のビアナは、アデルバートと同じように何度も時間を巻き戻っているのに、元々が幼いからか、精神的に成長する気配が全くない。

「ミルーナの魅力は君にはわからないよ」

苦笑して答えたあと、僕は笑顔でビアナに話しかける。

「心配しなくていいよ。アンナはもう用なしだ」

「じゃ……、じゃあ、殺してくれるの⁉」

「ああ。もう、僕の目的は達成したからね」

アンナには悪いけど、君が存在すると、僕とミルーナは幸せになれないんだよ。アンナがいなくなれば上手くいく。

巻き戻しもこれで終わりだ。

6章　絶対にさせません！

後日、ロウト伯爵令息から時間と場所の連絡がありました。

ロウト伯爵家の応接室で話したいようでしたが、ローンノウル侯爵家に変更してもらいました。ロウト伯爵令息は、私に敵意がないように見せかけていますが、私の人生をやり直させているのは彼ではないかと思います。ということは、何か気に入らないことがあるから、彼は毎回、私を殺すように仕向けて、自分も人生をやり直しているのと同じことです。

正直に言いますと、一度くらいは助けてもらった命をありがたいと思いますが、何度も意図的に殺されていては、感謝の気持ちも薄れます。

毎回、私を手にかけるヴィーチや、その原因を作るミルーナ様を恨んでいましたが、一番憎むべき相手はロウト伯爵令息なのかもしれません。

ロウト伯爵令息との話し合いは10日後の学園が休みの日です。話し終えたあと、彼が目的を達成しているのであれば、私をこのまま生かしてくれるのか。もしくは、真実を知った私を殺そうとするのかは、その時にはっきりすることになるでしょう。

今度殺されたら、私はもう生き返ることはないでしょうから、絶対に殺されるつもりはありません。

ここ最近、ロウト伯爵令息とミドルレイ子爵令嬢が、密会しているのはわかっています。ロウト伯爵令息は外部にバレないように取引先の人のふりをして、屋敷に出入りしているようです。

気になるのは、ヴィーチとロウト伯爵令息が、学園でよく口論《こうろん》しているのを見るようになったことでした。

マイクス侯爵家とロウト伯爵家には、学園でのつきまとい行為に対して苦情を入れていますし、次に私に接触しようものなら、ヴィーチとミルーナ様は家から追い出されることになっています。

そのことで喧嘩をしているのでしょうか。

その時、ある考えが浮かんで急に不安になった私は、アデル様に相談してみようと思いました。話したいことがあると言うと、アデル様は、その日の放課後にレイガス邸まで来てくれました。

アデル様を私の部屋に通そうとすると、

「断固として反対する！」

と、お父様の叫ぶ声が聞こえました。驚いていると、お母様がお父様を叱ります。

「いい加減にして！　アデルバート様は侯爵令息なんですから、してはいけないことはわかっていらっしゃるわ！　アデルバート様、ゆっくりしていってくださいね」

お父様は無理やりお母様に連れていかれました。お父様が何を気にしているのかさっぱりわかりませんが、問題ないということにして、そのまま私の部屋に向かいました。

お茶を淹れてくれたメイドが外に出ていくと、早速、本題に入ることにします。

「ヴィーチはロウト伯爵令息とミルーナ様との結婚を、このまま黙って大人しく見ているだけなのでしょうか」

「どういうことだ？」

「今までの人生でヴィーチは、学園時代はミルーナ様を遠くから見つめ、卒業後は専属騎士となって側にいました。その時の彼は、それで満足できていたと思うんです」

そう言っただけで、アデル様は私が何を心配しているのか、わかってくれました。

「ヴィーチがミルーナ嬢を、ロウト伯爵令息から奪おうと考えているかもしれないということか？」

いつの間にかアデル様も、ヴィーチと呼ぶようにしたようです。今それは頭で思うだけにして、アデル様の質問に答えます。

「はい。これまでは大人しく見つめていただけの人が、今回の人生では、大嫌いな私を使ってでも好きになってもらおうとしているんです」

「今回はいつもと違うということが、ロウト伯爵令息の頭にあるんだろうか」

「わかりません。彼は時間を巻き戻すことができるようですが、私たちの行動全てをわかっているわけではないのでは」

「もしかすると、一緒にやり直しているのかもしれないな」

「私は5歳からやり直すのに、アデル様は赤ん坊からというのも、理由があるのかもしれませんね」

私の話を聞いたアデル様は、少し考えてから口を開きます。

「ヴィーチとミルーナ嬢には監視がついているから、何か動きがあれば連絡が来ると思う。とりあえず、様子見でかまわないか。変な動きがあればすぐに対処する」

「承知しました」

頷いたあと、不安になって尋ねます。

「アデル様はヴィーチが動くと思いますか？」

「……と思ってる。というか、動いてほしいっていう希望はあるな」

「どういうことですか？」

「ロウト伯爵令息は、俺とアンナを出会わせてくれた良い面もあるが、人の人生を自分の思うように動かそうとするような奴だ。ろくな人間じゃない」

「ロウト伯爵令息の目的がミルーナ様に関する何かなら、ヴィーチが動けば、また、私の命を狙いますよね」

「アンナは絶対に俺が殺させない」

向かいのソファに座っていたアデル様は立ち上がると、私の隣に座って続けます。

「だから、俺がいない時は無茶をしないでくれ」

真剣な顔で見つめられて、胸がドキドキするだけでなく顔も熱いです。

「アデル様を心配させるような無茶はしません」

微笑んで頷くと、アデル様の顔が近づいた気がして、目を大きく見開いた時でした。

「駄目だ！　やっぱり、年頃の男女を2人きりにさせるなんて絶対に駄目だ！　何かあったらどうするんだ！」

「もう！　いい加減にしてちょうだい！　大体、婚約者なんだから少しくらい良いじゃないの！」

「なんてことを言うんだ！　アンナはまだ15歳なんだぞ！」

廊下のほうからお父様とお母様の会話が聞こえてきたのです。その瞬間、アデル様はなぜか

焦った顔になって、私から距離を取ったのでした。

一体、どうして顔が近づいてきたのでしょうか。よくわかりませんが、今は触れないほうが良い気がしたので、私は何も言わずに、話題を変えたのでした。

◆◇◆◇◆

そして、10日という日はすぐに過ぎて、ロウト伯爵令息との話し合いの日がやってきたのです。

ロウト伯爵令息は、ミドルレイ子爵令嬢を連れて、ローンノウル侯爵邸にやってきました。このことは事前に聞いていましたので、特に驚きはありません。

今日のミドルレイ子爵令嬢はアデル様に会うからか、学園にいる時よりもメイクが濃くなって、大人っぽく見せようとしているようです。

話し合いを知ったデルト様は、同席したいと申し出てくれましたが、聞かせられない話でもありますので、丁重《ていちょう》にお断りしました。

私たちが通された応接室には、3人掛けのソファが2つに黒いローテーブル、窓際には大きな花瓶《かびん》が置かれています。花瓶には私の大好きな、向日葵《ひまわり》という黄色の大きな花が挿《さ》してありました。

アデル様の向かいにロウト伯爵令息とミドルレイ子爵令嬢が座り、隣には私が座りました。

今日は念のためシルバートレイを持参していて、今は膝の上に置いています。

メイドが退出し、4人だけになった応接室で、簡単な挨拶を交わしたあと、アデル様が早速尋ねます。

「一体、なんの話をするつもりだ？」

「僕たちが、あなたたちの人生をやり直させていることは、もうわかっているんでしょう？」

ロウト伯爵令息は、逆に質問を返してきました。隠す必要もありませんので、アデル様は頷きます。

「どうやっているのかはわからないが、俺たちが何度も人生をやり直していると知っているんだし、犯人はお前なんだろうな」

「アデルバート様！　あなたの人生をやり直すようにさせたのはあたしです！」

ミドルレイ子爵令嬢が立ち上がって叫ぶと、ロウト伯爵令息が窘《たしな》めます。

「自分のことをあたしと言うのはやめろと言っただろう」

「ごめんなさい」

叱られたミドルレイ子爵令嬢は、ぷくっと頬を膨らませて不満そうな顔をしながらも、謝罪してソファに腰を下ろしました。

「ということは、ミドルレイ子爵令嬢は俺の、ロウト卿はアンナの人生を、やり直すようにしたのか？」

「そういうことです」

「アデルバート様、ミドルレイ子爵令嬢ではなく、ビアナと呼んでいただきたいですわ！」

ミドルレイ子爵令嬢が両拳を握りしめて言うと、アデルバート様は首を横に振ります。

「遠慮しておく」

「ど、どうしてですか？」

こてんと首を傾げる仕草《しぐさ》や表情はとても可愛らしいのですが、明らかに媚《こび》を売っているのがわかります。

アデル様は女性が苦手ですし、ミドルレイ子爵令嬢には殺されたことがあるのですから、名前を呼ぶことも嫌なのでしょう。

「君のことは好きじゃない」

「……ど、どうして、そんなことを言うんですか！　あたしとアデルバート様は運命の相手なのですよ!?」

「どうしてそんなことが言えるんだ。それにもし、運命の相手がいるとするならば、俺にはアンナしかいない」

アデル様は隣に座る私の手を握ると、動揺する私に話しかけます。

「アンナはどう思う？」

「そ、それはもちろん、そのっ、私に運命の相手がいるとするならば、アデル様だと思います！」

「それなら良かった」

アデル様は私に微笑んでくれましたが、ミドルレイ子爵令嬢には冷たい目を向けます。

「俺のことは諦めてくれ。君のことを好きになる日は永遠に来ない」

「……そんな……、酷い。酷いわ！」

泣き出すかと思いましたが、そうではなく、ミドルレイ子爵令嬢は怒りで体が打ち震えているようです。このままではミルーナ様の時のように喧嘩になる恐れがありますので、先に聞いておきたいことを尋ねます。

「ミドルレイ子爵令嬢にお聞きします。どうして、あなたは、アデル様に人生を何度もやり直させたのですか？」

「……そんなの簡単じゃない。アデルバート様をあたしのものにするためよ！」

「運命の人だと思っているんですよね。運命の人なら、そんなことをしなくても結ばれるのではないですか？」

「うるさいわね！　アデルバート様があたしの魅力に気づかないからいけないのよ！」

興奮したミドルレイ子爵令嬢は立ち上がると、中身が入ったティーカップを私に投げつけてきました。同時にアデル様が動き、ティーカップを手で払ってくれましたので、私にお茶はかかりません。

「アデル様！　大丈夫ですか？」

「大丈夫だ。ティーカップは大丈夫じゃないけどな」

ティーカップはローテーブルに落ちて割れてしまい、中身と共に散乱しています。

「あ、あの、その」

ミドルレイ子爵令嬢が自分のしたことに焦りますが、許すことはできません。

「なんてことをするんですか！」

私は膝に置いていたシルバートレイを持って立ち上がると、ミドルレイ子爵令嬢を押しました。

シルバートレイがミドルレイ子爵令嬢のお腹に当たり、彼女はひっくり返るようにソファに倒れました。

「な、何をしているんだ！」

ロウト伯爵令息はお腹を押さえているミドルレイ子爵令嬢を介抱《かいほう》しながら、私に非難の言葉を浴びせます。

「シルバートレイを使うなんて、普通の人間がやることじゃない！　野蛮すぎる！」

「一応、手加減はしています！　私を普通の人間じゃないようにしたのはあなたです。あなたに言われたくありません」

「……どういうことだ？」

「普通の人間は人生を何度もやり直しできません」

「そ……、それはそうかもしれないが、常識の問題だろう！」

「それよりも、ティーカップを投げたことについては、どう思うんだ」

アデル様が私たちの会話に割って入ると、痛みでお腹を押さえたまま答えられないミドルレイ子爵令嬢の代わりに、ロウト伯爵令息は焦った顔で答えます。

「そのことにつきましては、申し訳ないと思っております」

「申し訳ないと思うのは当たり前だ。普通の令嬢はティーカップを人に投げない」

なんと言えば良いのかわからないのか、ロウト伯爵令息が黙り込んでしまったので、その間にアデル様に話しかけます。

「アデル様、庇っていただき、ありがとうございました。お怪我はありませんか？」

「怪我はしてないし、アンナが無事で良かった」

アデル様は微笑むと、テーブルの上のベルを鳴らしてメイドを呼びました。入ってきたメイドは、ティーカップが割れ、中身が飛び散っているのに驚いた様子でしたが、事情を聞くこともなく片付けたあとは、お茶を淹れ直してくれました。

メイドが出ていくと、ミドルレイ子爵令嬢が涙目で口を開きます。

「ティーカップは弁償いたします」

「母上は食器類が好きなんだ。高いものばかり集めているから、結構な額になると思うぞ」

「えっ……」

ミドルレイ子爵令嬢は口をぽかんと開けて、呆然とした顔になりました。ティーカップに値段の差があるなんて、知らなかったと言わんばかりの表情です。

「そんな……、結構な額といっても、あたしの家で払える金額ですよね？」

「さあな。君の家の財政状況を俺は知らない。ただ請求するだけだから、今は気にしなくていい」

アデル様は素っ気《そっけ》なく対応すると、ロウト伯爵令息を見つめます。

「俺の人生に何度も干渉《かんしょう》してきたのは、ミドルレイ子爵令嬢の頭が良くないからだとわかった。では、お前はどうして、アンナを何度も殺す必要があったんだ？」

「別に僕が殺すように仕向けたわけじゃありません。どちらかというと僕は、それを阻止したかった」

「……どういうことでしょう？」

私が尋ねると、ロウト伯爵令息は鼻で笑ってから答えます。

「マイクス侯爵令息が実行犯だと、ミルーナが関与しているのはすぐにわかる。なら、どうなるかわかるだろう？」

「……ミルーナ様は警察に捕《つか》まったんですね？」

「そうだよ！　しかも、フロットル伯爵令息との浮気もばれて、彼女の評判は最悪だ！　僕は妻の浮気に気づかなかった馬鹿な男と言われただけでなく、妻が実の妹を殺したんだ！　僕の家がどうなるかわかるだろ」

「没落したんですね」

「そうなる前に時間を戻したんだよ！」

ロウト伯爵令息は、先ほどまでの穏やかな様子を消し去り、憤怒《ふんぬ》の表情になって続けます。

「ミルーナが罪を犯す原因は君だ！　だから、君がミルーナと上手くやれるように巻き戻したんだ」

「それなら、私が生まれないようにすれば良かったのではないのですか？」

こんなことを言うのもなんですが、私が生まれなければ、ミルーナ様は罪を犯さなくても良いはずです。

「死んだ人間しか無理なんだよ。その時の君の両親は、君への虐待が公になって逮捕されていた。だから、君の両親に近づけなかった」

ロウト伯爵令息は悔しそうな顔をして言いました。

この人は、結局は自分が幸せになるために、私を使ったのですね。それならそうと言ってくれていれば、何度も巻き戻ることをせずに良かったのに、どうして教えてくれなかったのでしょうか。

ここまで話を聞いて、疑問に思ったことを口にします。

「どうして、私にそのことを教えてくれなかったんですか？　何度もやり直すなんて、あなたにとっても時間の無駄でしょう」

私を生き返らせると、私しかやり直しができないようですが、ロウト伯爵令息にも記憶は引き継がれているようです。

今回、私は開き直ったので飛び級をしましたが、ロウト伯爵令息も以前の記憶で勉強ができることを隠していたんですね。

……もしくは、勉強が苦手とかでしょうか。

それに、私が思い通りに動かなくても、ロウト伯爵令息が記憶を上手く使えば良かっただけなのでは？

そう考えていると、ロウト伯爵令息が答えます。

「いや、そんなことはない。何度も繰り返すことによって、僕はミルーナをもっと知ることができたんだ」

にやりと笑ったロウト伯爵令息を恐ろしく感じた時、黙っていたミドルレイ子爵令嬢が口を開きます。

「お兄様……、怖いわ」

「……すまない」

妹には甘いのか、もしくは、彼に力を与えたのが彼女なので、強く言えないのかもしれません。ロウト伯爵令息は静かに息を吐くと、気持ちを落ち着かせるためか、口を閉ざしました。それと同時に扉がノックされ、アデル様が呼ばれました。私は部屋で待っていようと思いましたが、残っていては危険だと言われて一緒に廊下に出ます。

廊下にはデルト様が立っていて、ヴィーチたちに動きがあったと教えてくれました。まるで、この日を待っていたかのようなタイミングです。

聞いた話を伝えたいのですが、聞きたいことがまだいくつもあったため、応接室に戻って座り、ロウト伯爵令息に話しかけます。

「どうしたら、時間を巻き戻すことができるんですか?」

「禁断の魔法ってやつだよ。聞いたことはあるだろう」

「いいえ」

今回の人生でデルト様から教えてもらいましたが、それまでは聞いたことがありません。それに詳しいことはわかりませんので、知らないふりをすると、ロウト伯爵令息は素直に話してくれました。

要約すると、ロウト伯爵家に女の子が生まれることは滅多にないのだそうです。そして、女の子が生まれると、同時に長男も魔法が使えるようになるそうで、なぜ長男も使えるようになるかの理由は、男性の血族しか次の世代へ魔力の継承ができないからではないか、ということでした。

「教えていただき、ありがとうございます。まだ、疑問があるのですが……」

「答えてあげるよ」

「どうして私を、毎回5歳に巻き戻したんですか」

「……僕がミルーナを好きになったのは、君が4歳の時の話だ。ローンノウル卿のように赤ん坊に巻き戻したら、僕とミルーナの大事な思い出が消えてしまうかもしれない」

「ミルーナ嬢との間に何があったんだ？」

今度はアデル様が尋ねると、ロウト伯爵令息は優しい笑みを浮かべます。

「友人にいじめられていた僕を助けてくれた。そして、わたしの婚約者なら、もっとしっかりなさいと叱ってくれたんだ」

恍惚《こうこつ》とした表情で話すロウト伯爵令息を見て、ミドルレイ子爵令嬢は呆れた顔をしています。

彼女にとったら、ミルーナ様は天敵みたいなものです。兄がそんな気持ちになる理由がわからないのでしょう。

「私が5歳の時に戻せば、4歳の時の出来事は消えないですものね。でも、アデル様が動けば、また変わってくるのではないのですか？」

「君とローンノウル卿は、昔は接点なんてなかっただろう」

「……そうですね」

「魔法だからよくわからないが、違う時間軸が、君とローンノウル卿が接触することで、1つになったのかもしれない」

なんだか難しいです。別々の世界に生きていた人が、何かのきっかけで同じ世界に生きるようになったということでしょうか。

混乱していると、アデル様が言います。

「アンナが開き直ったから、バラバラだった時間軸が一緒になったのかもしれないな」

「どうせ殺されるなら、好きなように生きようと思ったことが良かったんですね」

アデル様の言葉に頷くと、ミドルレイ子爵令嬢は意地の悪い顔をして言います。

「本当に生きていられるかは、わからないけどね」

「ビアナ、やめろ！」

ロウト伯爵令息に叱られたビアナ様は、大人しく口を閉ざしました。

「そうですね。何も手を打たなければ、また、殺されてしまうかもしれません。それは絶対に嫌ですから、私も色々と動いてはいるんですよ」

笑顔で言うと、アデル様がミドルレイ子爵令嬢を睨んで言います。

「アンナは俺が守ると決めてるんだ。何かしようとするなら容赦しない」

「ど、どうしてですか!? どうして、レイガス伯爵令嬢を選ぶの!? あなたは何回目であたしを好きになってくれるのよ!?」

「何回やっても無駄だ。というか、何度も生き返らせることができるのか？」

「そ……、それは、限界が……」

アデル様とミドルレイ子爵令嬢が話している間に、私はロウト伯爵令息に尋ねます。

「ミルーナ様の最近の様子はどうですか？」

「大人しくしているし、僕たちの仲は順調だけど、何か問題でもあるのかな」

「上手くやっているのですね。では、先ほど、ミルーナ様がとある男性と逃げたという情報を得たのですけど、違うミルーナ様だったんですね。良かったです」

違うなんてことは、絶対にないとわかっています。

ですから、わざとらしい笑顔で手を叩いて言うと、ロウト伯爵令息の顔がみるみるうちに青くなっていったのでした。

「う、嘘だ！」

ロウト伯爵令息はそう言いながらも、私の言うミルーナ様と、彼が順調だと言うミルーナ様が、同一人物だとわかったようでした。

「嘘ではありません。気になるようでしたら、自分の目で確認してはいかがですか？　ミルーナ様が家にいなければ怪しいですわね」

「言われなくてもそうするよ！」

ロウト伯爵令息は立ち上がって叫ぶと、アデル様に挨拶することもなく、応接室を出ていきました。

「ちょっ、お兄様!?」

残されたミドルレイ子爵令嬢は焦った顔になると、アデル様との会話を打ち切り、ロウト伯爵令息のあとを追って出ていきました。

「もう少し聞かなければいけないことがあったのですが、ヴィーチとミルーナ様の情報を早く言い過ぎてしまいました。申し訳ございません」

反省していると、アデル様は苦笑して慰《なぐさ》めてくれます。

「これから、やらないといけないことはわかったんだから、もう良いだろ」

「そうですね」

デルト様が先ほど教えてくれたのは、ヴィーチとミルーナ様が2人で隣国へ向かう馬車に乗ったという話でした。2人がいつからそういう関係になったのかはわかりませんが、考えられるとすれば、金的《きんてき》事件の時でしょうか。

私が開き直って動き方が変わったことで、私の生みの両親は没落しましたし、姉のミルーナ様は平民落ちしました。

ロウト伯爵令息は、平民になったミルーナ様が、助けた自分に依存すると思い込んだようですが、実際は違いました。束縛されることを嫌うミルーナ様は、ロウト伯爵令息に憎しみを抱くようになったのです。そして、自分のやることに何も文句を言わず、献身的な態度のヴィーチに絆されて逃げることを決めたようです。

「2人だけで逃げて、生きていけるのでしょうか」

「ヴィーチのことだ。金がなくなれば、弱い人間から奪い取るだろう。あいつは体格も良いし、剣も扱えるしな」

「そうですね。今までの人生では、ミルーナ様の専属騎士になっていたくらいですから」

誰かを守れる肉体を持っているのですから、良いことに使ってほしいと思いますが、ヴィーチの人生です。私に関わることでなければ、彼が好きに生きるのはかまいません。それに、彼らの未来がかなり厳しいものになることは容易に想像できます。

「そういえば、マイクス侯爵はこのことを知っているんでしょうか」

「知ってるだろうな。わかっていて逃がしたんだろう。まあ、そのへんの詳しい話は父上から聞くとして、その前に伝えておきたいことがある」

「……なんでしょうか」

居住《いず》まいを正して尋ねると、アデル様は私とロウト伯爵令息が話している時に、ミドルレイ子爵令嬢が言ったことを教えてくれました。

時間を戻すことができるのは、13回までが限界だということ。また、どういう理由かはわかりませんが、魔法を使い切ってしまうと、体の中の魔力が存在しなくなるとのこと。そして、巻き戻す相手の条件は、すでに死んでいる人物でなければならないそうです。

普通は自分のせいで誰かが亡くなった時に、運命を変えるために使うもので、自分の欲望で使う魔法ではなかったのです。それをわかりながらアデル様や私に使ったのですから、力の無駄遣いとしか言いようがありません。

「どうやったら、魔法が発動するのでしょうか」

「生き返ってほしいと強く願うらしい」

「ということは、アデル様が亡くなった時は、ミドルレイ子爵令嬢はショックで復活を強く望んだのですね。ロウト伯爵令息は、私が死ななければミルーナ様が捕まらず、家も没落しなかったと思ったから、私が生き返ることを強く望んだ、といったところでしょうか」

「ロウト伯爵令息の場合は、アンナが姉と上手くやってくれていたら、という気持ちが強かったのかもしれないな」

「人を傷つけようとする人間のほうが悪いと思うのですけど、ロウト伯爵令息にはそんな考えはないのでしょうね」

大きく息を吐いてから、話題を戻します。

「13回までということは、ロウト伯爵令息にはあと3回、私を殺して人生をやり直すチャンスがあるということですね」

「そうなる」

「大丈夫です、アデル様。狙われるとわかっているのに何もしないなんて、そんな馬鹿な真似はいたしません」

ロウト伯爵令息は、私を使って自分の人生を変えようとしています。これ以上、彼の思い通りにはなりたくありません。

ミルーナ様たちがすぐにロウト伯爵令息に捕まれば別ですが、さすがに計算して逃げているでしょうし、私たちもロウト伯爵令息側に手を貸すつもりはありませんから、簡単には捕まらないでしょう。隣国に逃げてしまえば、追いかけるのは難しいです。

ロウト伯爵令息も同じです。ミルーナ様を追えなくなったなら、また、私で人生をリセットしようとするのでしょう。

そんなことは、絶対にさせません。

＊＊＊＊＊

屋敷に戻った僕は、最初に目についたメイドに話しかける。

「ミルーナはどうしている!?」

「ミルーナ様でしたら、旦那様と一緒に外出されましたが……」

「父上と？」

それなら、ミルーナは逃げてなんかいない。ホッと胸を撫で下ろした時、母上がやってきて衝撃の発言をした。

「あなたのお父様が、マイクス侯爵家のヴィーチ様にミルーナを引き渡しに行ったわ」

「そんな！　なんてことをするんですか！」

「シャス、そろそろ目を覚ましてちょうだい。あなたにはもっと良い子がいるわ」

「うるさい！」

手を伸ばしてきた母上を払い、僕はミルーナを取り戻すために屋敷を飛び出した。

＊＊＊＊＊

敵の敵は味方といった感じで、私たちはミルーナ様とヴィーチの愛の逃避行を、邪魔するわけでもなく、助けるわけでもないという、傍観者の立場をとることにしました。

ミルーナ様のことも、ヴィーチのことも、好きではありません。でも、ロウト伯爵令息の力になるほうがもっと嫌でした。目的がどうであれ、1回だけ生き返らせてもらうぐらいなら感謝すべきことでしょう。でも、上手くいかなかったからと、やり直しをするために、わざわざ殺すという方向に何度も持っていったロウト伯爵令息を、どうしても許せなかったのです。

もちろん、ミルーナ様やヴィーチのことも許しているわけではありません。ただ、今回の人生で、もう私に関わらないというのなら、新たな人生を歩むことを止めはしないでおこうと思いました。

その後、聞いた話によると、ロウト伯爵令息は目撃情報を頼りにミルーナ様を探したそうですが、行方を掴めない間にロウト伯爵が彼を捕まえて、現在は軟禁《なんきん》されています。ロウト伯爵家の使用人から確認した話では、彼と話すことができるのは家族のみで、食事なども家族が運んでいるそうです。

そして、その家族の中にミドルレイ子爵令嬢が含まれていることがわかった時、この先をどんな展開に持ち込もうとしているのかは簡単に想像できたのでした。

しばらくすると、ヴィーチとミルーナ様の噂は社交界に広まり、学園内でもその話で持ちきりになりました。

「お……、驚きましたね」

ニーニャにしてみれば、エイン様のことがありますので他人事ではないようです。エイン様のほうは、興味を示せばニーニャに誤解されるかもしれないということで、気にしないようにしているみたいでした。

「なんとなくこうなるのではと予想していましたから、私は驚いてはいないんですよ」

「そうだったんですね。でも、２人は今頃どうされているんでしょうね」

「噂では隣国に近づいているそうですよ」

実際は監視役から連絡をもらっているのですが、ここでは知らないふりをしました。現在のミルーナ様たちは、上手くやっているといえばやっていますし、そうでもないといえばそうでもないという、なんとも言えない状態です。

というのも、ワガママを言い始めたミルーナ様に対し、ヴィーチも彼の本性を見せ、力で服従させ始めたからです。最初はミルーナ様が『足が痛い』と言えば、ヴィーチが横抱きして歩いていたそうですが、今度は『横抱きでは体が痛くなる』と言い出し、『では、少し歩きましょうか』と提案すると、ミルーナ様が『嫌だ』と言うので、ヴィーチも我慢できなくなったようでした。

でも、ヴィーチのミルーナ様への愛情は変わっていないようで、ミルーナ様が怯えれば優しくするということを繰り返し、今までと立場が逆転しつつあるようです。ミルーナ様はロウト伯爵令息の束縛からは逃れられましたが、今度はヴィーチという厄介な男に捕まったわけですね。

そのまま、ミルーナ様たちが隣国に渡り、ロウト伯爵令息が大人しくしているのを願っていたある日、ミドルレイ子爵令嬢が動き出したという連絡が入ったのでした。

ミドルレイ子爵令嬢が動き出したといっても、彼女は賢くはありません。ロウト伯爵令息に言われるまま動いていますので、自分の動きを察知《さっち》されないようにする配慮は全くありませんでした。私を殺してしまえばリセットされるのですから、自分が犯人とバレても良いと思っているのかもしれません。

今回、ミドルレイ子爵令嬢が私を殺すために雇ったのは、なんでも屋の男でした。暗殺のプロではないですが、婦女暴行の前科があり、十分な警戒が必要です。しばらくの間、学園以外への外出を控えていましたが、卒業が近づいてくると、そうもいかなくなりました。

普段は学生服ですが、卒業式は好きな服装で出席して良いことになっていて、貴族の女性はパーティードレスを着ることが多いのだそうです。

そのため、ドレスや靴、アクセサリーなどを用意するために、久しぶりに街に外出することにしました。

ドレスに合うアクセサリーを見ようと、馬車から降りて、人通りの多い道を歩いていた時でした。

「あの」

見知らぬ男性が私の肩に手を伸ばそうとした瞬間、バレないように平民の格好で私のすぐ後ろを歩いていたアデル様が、男性の腕を掴みました。

「彼女に触れるな」

「も、申し訳ございません。その、落とし物をされたようですので、お渡ししようと」

「署《しょ》にご同行願います」

男性が話している途中でしたが、私服の警察官が彼の背後に現れると、問答無用《もんどうむよう》で羽交《はが》い締《じ》めにしました。

「な!? 一体、なんだっていうんですか!?」

「女性に触れようとしただろう」

「いえ、ですから、その、落とし物を!」

これがマークしていた男性でなければ、冤罪《えんざい》になりますが、私に触れようとしたのはその男だったのです。

屈強《くっきょう》な男性でしたが、それ以上に逞《たくま》しい警察官に取り押さえられ、あっという間に連行されていきました。そして、警察署での取り調べで懐《ふところ》からダガーナイフが見つかり、長時間の拘《こう》束《そく》に耐えられなかった彼は、ミドルレイ子爵令嬢から私を殺すように頼まれたと、あっさりと口にしたのでした。

◆◇◆◇◆

あっという間に日が過ぎ、卒業式を迎えました。

それまでに、ミドルレイ子爵令嬢とロウト伯爵令息は、私への殺人教唆《きょうさ》で警察に捕まりました。ミドルレイ子爵令嬢はロウト伯爵令息に頼まれたと素直に事情を話したため、罰金《ばっきん》で済んで釈放《しゃくほう》されましたが、今回のことで、養父母との折り合いが悪くなり、ロウト家に戻されることになりました。

血は繋がっていなくても大事にしてきた娘が、実の兄と一緒に犯罪に手を染めていたなんて知ったら、元の家族に戻そうと思っても仕方がないことだと思います。ロウト伯爵家にしてみれば、ビアナ様は疫病神《やくびょうがみ》のようなものです。意地悪をすることはありませんが、ほとんど会話をせず、彼女を遠ざけているそうです。

ビアナ様が学園を卒業したら、家から追い出すのではないかというのが、アデル様たちの見解でした。

ビアナ様は学園には登校していますが、彼女が私を殺そうとしたという噂は広まっていますので、誰も近づこうとはせず、１人で過ごさざるを得なくなりました。反省したのか、アデル様に近づくこともなくなったので良かったです。

「ロウト伯爵令息はどうなるのでしょうか」

卒業式の会場に向かいながら、アデル様に尋ねると、少し考えてから答えます。

「侯爵令息の婚約者を殺そうとしたということで、罰は労働になるんじゃないかと言われている」

私たちの国では、死刑が一番重い罰ですが、その次が労働と言われています。鉱山《こうざん》で働かされるのですが、ノルマが厳しく、休みのない日々が続くのだそうです。体力的にも精神的にも辛いもので、『死んだほうがマシだ』と叫ぶ受刑者が多いことで有名です。そして、大体は数年のうちに、なんらかの形で命を落としてしまうと言います。

「ロウト伯爵令息よりも早くに私が死んでしまったら、また、人生をやり直しさせられてしまうのでしょうか」

「そのことなんだが、ロウト伯爵に聞いてみたら、血を引いていても縁を切った場合は魔力がなくなるらしい」

「どういうことでしょう？」

「彼を切り捨てることに決めたそうだ。犯罪者を跡継ぎにするわけにはいかないから」

「でも、それだけで魔法が使えなくなるものなのでしょうか」

「話を聞いてみたら、結局はロウト伯爵家の人間であることが大事らしい」

家を追い出されたら、ロウト伯爵家の人間とみなされず、魔法が使えなくなるようです。

「後日、ロウト伯爵夫妻がアンナに謝罪をしに行くって言ってたぞ。それから、息子がやったことはいえ、お咎めなしというわけにはいかないようで、子爵家に落ちるそうだ」

「そうなんですね」

誰かを養子にもらい、ロウト家は続いていくのでしょう。でも、魔法を使う力はこれで途切れることになります。長く続いていたものが失われることに複雑な気持ちになりますが、私の命の危険はとりあえず去ったようです。

幸せな生活を送っているわけではなさそうですが、ミルーナ様とヴィーチは結婚し、ミルーナ様のお腹には子供がいるそうです。

ロウト伯爵令息は、そのことを知ったら絶望するでしょうね。

「卒業したら、アンナと会う日が少なくなるのが寂しいな」

「休みの日が合えば、どこかへお出かけしましょう」

「今まで毎日のように会ってたのに、これから休みの日にしか会えないんだぞ？　アンナは寂しくないのかよ」

「どうでしょう。覚えなければならない仕事が山積みですから！　アデル様だってそれは一緒でしょう？」

「……そりゃあ、そうなんだけど」

なぜかシュンとしてしまったアデル様に微笑みかけます。

「アデル様に自慢の婚約者と言ってもらえるように、仕事のできる女性になりますから！」

「……わかったよ」

アデル様はどこか不服そうな顔で頷いたあと、周りに人がいるにもかかわらず、私の額《ひたい》にキスをしました。

「えええええっ!?」

額を押さえて動揺していると、アデル様は笑顔で言います。

「これから休みの日に会ったら、帰り際にキスするっていうのはどうだ？」

「そ、それは誰が得するものなのですか!?」

「俺だよ」

「あ、アデル様が得するのでしたら、ええっと、はい！」

「口にだぞ」

「く、口っ!?」

驚いていると、アデル様は満面の笑みを浮かべ、私の手を引いて歩き出します。

「もう決めたから」

「ううう。まずは、頬からでお願いしますぅ」

情けない声を出すと、アデル様は声を上げて笑いました。

何度も人生をやり直して、どうせ結末は変わらないのだと、開き直って楽しく人生を過ごすことに決めて、今まで生きてきました。

18歳になればまた、死ななければならないのかと怯えていましたが、もう、怯えずに良くなりましたし、未来には楽しみしかありません。

19歳の私はどんな風になっているのでしょう。

まだまだ先ではありますが、素敵なお嫁さんになれていることを願って、アデル様と一緒に卒業式の会場に足を踏み入れたのでした。

7章　姉妹の希望と絶望

学園を卒業した私は、以前お父様たちと話していた通りに、家の仕事を手伝うことになりました。今までの人生では仕事をしたことがありません。まだ見習いではありますが、初めての仕事です。

仕事を教えてくれるのはお母様で、主にお金に関するものが多いです。今、私が任されているのは、近いうちに我が家で行われるお茶会の段取りや、それにかかる費用の計算です。

1つ計算ミスをすると、予算をやり直さなければいけないため、正確さを求められますが、とても楽しく仕事ができています。

私はあくまでもお母様のお手伝いですが、アデル様は違います。アデル様は、侯爵家で次期当主としての仕事を覚えなければならないため、私よりも忙しい毎日を送っていました。

当たり前のことではありますが、学園に通っていた頃と違い、1日の拘束時間は長いですし責任感も必要になってきます。家の仕事は領民の生活にも関わってくることですから、手を抜くのは許されません。

私も手伝いとはいえ、神経を使う仕事ですので、仕事後に遊ぶ元気がありません。そのため、アデル様とは手紙のやり取りしかできませんでした。

最後にお会いしてから、20日以上が経った日のことです。

アデル様と仲の良かったクラスメイトから、同窓会をするという手紙が届いたのです。

特別クラスの皆は、働きに出ているか、私のように家の仕事を手伝っている人が多いです。まだ卒業したばかりなのにと思う方もいるかもしれませんが、女子は学園を卒業後は結婚するようにと急かされますので、私たち女子が自由に動けるうちに同窓会をしておこうという話になったようです。

私はまだ結婚できる年齢ではありませんが、他の皆は18歳になっていて結婚できる年齢です。私たち女子4人は結婚に特に興味がなく、婚約者も結婚を急ぐ様子がありません。4人の中で一番早く結婚するのは、ニーニャではないかと予想しあっています。

そんな話をするくらいにニーニャたちとも連絡を取ってはいますが、アデル様ほど頻繁ではありません。それに、会って話すほうが楽しいです。

他の皆とも会いたい気持ちがありますので、お父様とお母様に相談してみたところ、その日は仕事を入れないようにしてくれることになりました。それで、出席するに丸をして送り返したのでした。

次の日、アデル様からの手紙が届き、久しぶりに会いたいと書かれていました。といっても、アデル様は本当にお忙しいようで、仕事の合間に会う形です。

待ち合わせ場所は、お互いの家からちょうど同じくらいのところにある、繁華街《はんかがい》に決まりました。そこに出るまでに半日はかかりますので、せっかくですからその日は繁華街の宿屋で一泊《いっぱく》することにして、次の日に特別クラスの女子４人で会うことにしました。

ニーニャたちに会うのは卒業してから初めてですので、とても楽しみです。

もちろん、アデル様に会うのも楽しみですが、お友達と会うのは、また違った意味でワクワクしますよね！

◆◇◆◇◆

約束の日。ランチを一緒にすることになったレストランに、待ち合わせの時間よりもかなり早くに着いてしまいました。早すぎるのも迷惑かと思いましたので、時間までウインドウショッピングを楽しむことにしました。

お母様の仕事を手伝って給金《きゅうきん》をもらえるようになりましたので、自分のお金でほしいものを買えます。でも、お店を見て回れば、あれもこれもほしくなってしまうに決まっています。直感で買ってしまうと、すぐにお金がなくなりますから、ウインドウショッピングのみです。

アデル様の前でこんなことを口にしたら、お金のことは気にしなくて良いと言って、きっと私が手に取ったものを全て買おうとするでしょう。だから、絶対に口にできません。

とりあえず、約束の時間まではウインドウショッピングで時間を潰し、どうしてもほしいものがあった場合は、明日、ニーニャたちと会う前に買うことにします。

せっかく遠出をしたので、お父様とお母様にお土産《みやげ》も買って帰りたいものです。この土地ならではの食べ物などを持って帰りたいのですが、日持ちしないのが問題なのですよね。

日持ちするもので何か美味しいものがないか、見てみることにしましょう。それとも、食べ物よりも何か記念になるものが良いでしょうか。何を渡しても喜んでくれるとは思いますが、2人の嬉しそうな顔を考えるだけでウキウキしますね。

石畳《いしだたみ》の道の左右にはたくさんのお店が並んでいて、行き交う人も多く、とても活気のある繁華街です。大通りには出店《でみせ》もあり、食べ歩きは禁止ですが、店の前に立って食べられるスペースがあります。

今日は、私が買うのは普段着のみ、と思っていたんですけど、やはり、美味しそうな匂《にお》いにはつられてしまいそうになります。

でも、もうすぐアデル様と食事をするわけですし、お腹いっぱいになってしまったら大変です。加減をすれば良いのかもしれませんが、美味しそうなものを目にすると、なかなか難しいものです。きっと、お腹がいっぱいになるまで食べてしまいそうです。

だって、今までの人生でこんなに贅沢な暮らしをしたことはないんですもの！

「アンナ様、今日はどこかお目当てのお店でもあるのですか？」

一緒に来てくれていた専属メイドのジュナに尋ねられ、少し考えてから答えます。

「どうしてもほしいものがあれば、明日の約束の前に買おうと思っているんです。もし、ジュナにほしいものがあるのなら言ってください。いつもお世話してくれているお礼にプレゼントしますよ！」

「そんな！　アンナ様のお世話はわたくしの仕事ですし、旦那様から給金をいただいております。それだけでなく、アンナ様には大変良くしていただいています。お礼なんて必要ありません！」

「そうですか？」

過去の私は使用人からも虐《しいた》げられていましたので、ジュナたちのように優しくしてくれる使用人には感謝の気持ちでいっぱいになってしまいます。

それが当たり前なのかもしれませんが、感謝の気持ちは忘れないようにしたいです。

「アンナ様、ありがとうございます。わたくしは、そのお気持ちだけで十分です」

ジュナがにっこりと微笑んでそう言ったので、今度は護衛をしてくれている人たちに話しかけます。

「あなた方は何かありませんか？　ご家族にプレゼントしたいものでも良いですよ」

「アンナ様、お気遣いいただきありがとうございます。ジュナが言ったように私たちもこれが仕事ですから、気になさらないでください。アンナ様のように感謝の気持ちを述べてくれる貴族は多くありません。そのお気持ちだけで十分です。私たちはアンナ様にお仕えできるだけで幸せです」

「私も同じ気持ちです」

護衛のリーダーの男性が言うと、ジュナや他の護衛たちも笑顔で頷いてくれました。

こんな風に言ってもらえるなんて本当に嬉しいです。

「さあ、アンナ様。アンナ様の行きたいお店に向かいましょうね」

嬉しくてニコニコしていると、笑顔のジュナが促してきたので、私は早速ウインドウショッピングを開始したのでした。

◆◇◆◇◆

あっという間に時間が経ってしまい、レストランに着いた時には約束の10分前になっていました。

やはりほしいものがありすぎて、目移りしてしまって大変でした。アデル様へのプレゼントを私なりに奮発《ふんぱつ》して買ってみましたが、考えてみたら、アデル様のほうが給金は多いでしょうし、こんな安いものはいらないと言われたらどうしようと不安になってきました。

アデル様はまだ来ておらず、通された個室で大人しく待っていると、少しして息を切らしたアデル様が入ってきました。

「悪い。遅くなった」

「約束の時間は過ぎていませんし、アデル様はお忙しいのですから、遅れても気にしませんよ」

「仕事をするようになったんだから、余計に時間厳守は大切だろ。それに、アンナと会える時間は限られているから、少しでも長く一緒にいるためには遅れたら時間がもったいない」

「アデル様と一緒にいたい気持ちは私も同じですが、無理はしてほしくありません」

「無理じゃないって」

アデル様は私の向かい側に座ると、店員に飲み物を注文し、予約していたコース料理を始めてもらうように頼みました。

白いテーブルクロスが敷かれた４人掛けのテーブルはシンプルではありますが、とても高級感があるように思えるのは、こういう場に慣れていないからでしょうか。

高級レストランには、今の両親に何度か連れていってもらったことがあるのですが、個室ではなかったので余計にかもしれません。

アデル様は慣れた様子ですので、伯爵家と侯爵家では格が違うということでしょうか。

考えていると、アデル様がじっと見つめてくるので首を傾げます。

「何か私の顔についていますか？」

「いや。今日は雰囲気が違うなと思って」

「そ、そうですか？　今日はしっかりとメイクをしているからかもしれません」

学園ではメイクを推奨《すいしょう》していませんでした。でも、ある程度は身だしなみとして必要でしたので、私はナチュラルメイクで登校していました。若いうちにメイクをしすぎると肌に良くないと言われたこともあり、パーティーでもポイントメイクばかりでした。

ですが、今日は学園を卒業したのもありますし、アデル様とのデートということで、お母様やジュナたちが張り切ってくれたのです。

髪形はいつもと変わりませんが、ピンク色の花柄の髪飾りをしていますし、口紅もいつもより濃い赤です。眉毛の形も少し変えてみたとのことでしたが、自分で見ても、いつもと雰囲気が違い、かなり大人っぽく見えます。

私の見た目をここまで変えてしまうのですから、ジュナたちのメイク力はすごいですね！

ニコニコしていると、アデル様も笑顔で言います。

「いつものアンナも可愛くて好きだけど、今日は綺麗《きれい》って感じだな。パーティーに出席する時のアンナももちろん綺麗だけど、なんというか、また違うんだよな。あ、今のアンナも好きだぞ」

「あ、ありがとうございます」

可愛い、綺麗、好き、という言葉をアデル様から言われると、なんだか恥ずかしくなってきました。今日は軽くピンク色のチークをしていますので、赤くなった顔を誤魔化せれば良いのですが……。

「アンナ、顔が赤くなってる」

誤魔化せませんでした！

「誰のせいだと思っているんですか！」

「本当のことを言っただけだろ。だけど、ごめん。怒らせるつもりで言ったんじゃないんだ。本当に可愛いなって思って」

強い口調で言ったからか、アデル様が焦った顔になって謝ってきました。私も怒っているわけではありませんので、慌てて謝ります。

「こちらこそ強い言い方をしてしまって申し訳ございません。アデル様に良く思っていただけるのはとても嬉しいんです。でも、褒められ慣れてないので、どう反応したら良いのかわからなくて。それに、褒めすぎだと思います」

「本当のことを言っているだけなんだけどな」

アデル様が苦笑した時、ちょうど前菜《ぜんさい》が運ばれてきましたので話題を変えます。

「アデル様は元気にされていましたか？」

「ああ。アンナはどうしてた？　無理はしてないか？」

「私は見ての通り元気です！　普段はお母様のお仕事の手伝いがメインで、体調が少しでも悪いと休むように言われますから、無理をする日はありませんし大丈夫ですよ。でも、アデル様はそういうわけにはいかないのではないですか？」

「まあな。というか、仕事をしている時は集中しているし、時間があっという間に過ぎるんだ。ベッドに横になって疲れたって感じるくらいで、寝たら元気になる」

頼もしく感じる話を聞いたからかもしれませんが、今日のアデル様は昔よりも凛々《りり》しく見えます。アデル様だけが大人になっていく感じで少し寂しい気もしますが、３歳の年の差がありますので仕方がないですよね。

食事を進めつつ、お互いの近況を話していましたが、話題が途切れたところで、アデル様が笑顔で言います。

「アンナはこの店に入る前に、色々と繁華街を見て回ったみたいだな」

「はい。たくさんのお店を見て回りましたが、どうしてアデル様はそのことを知っているんですか？」

「え？　あ、ああ、アンナのメイドから教えてもらった」

「ジュナにですか？」

私が尋ねると、アデル様は少し考えたような顔をしました。

どういうことでしょう。話をする時間があったのでしょうか。

「いつですか？　ここに来られた時に聞いたのですか？」

急いで入ってきたように見えましたが、ジュナと話していたから遅れたのかもしれませんね。

「そ、そう」

アデル様はなぜか視線を逸らして答えました。

やっぱりおかしいです。アデル様はなぜか挙動不審《きょどうふしん》のような気がします。これは、私に何か隠しているとしか思えません。

でも、詳しく聞かれたくないのであれば、自分から話を振らなければ良いような気がしますし。どうしてそんな話をしたのでしょうか。

「そ、それよりもアンナ。予定よりも、もう少しゆっくりできる時間が取れたんだ。せっかくだから食事を終えたら、２人で店を見て回らないか？」

「……アデル様のご迷惑にならないのであれば」

「迷惑なわけがないだろ。あ、そういえば、幹事に聞いたけど、同窓会は今のところ、クラス全員が出席らしいぞ。そんなことってあるんだな」

あからさまに話題を変えたことがわかりましたが、私を嫌な気分にさせるような話をする人ではないことを知っています。ですから、素直にその話題に乗ることにしたのでした。

前菜から始まり、メインディッシュのステーキからイチゴケーキのデザートまでしっかり堪《たん》能《のう》したあとは、アデル様と一緒に繁華街を回ることになりました。

アデル様へのプレゼントは別れる際に渡そうと思います。

通りに出てみると、ウインドウショッピングを楽しんでいた時よりも人通りが多い気がします。普通のカップルなら、ここで手を繋いだりするのでしょうけれど、護衛たちが周りを固めていますから、はぐれることはありません。

それに、私が出かける前に、お父様が『アンナにデートはまだ早い！』なんてことを叫んでいたのを、兵士やジュナたちは知っています。あの時のお父様の様子を考えると、私とアデル様が手を繋ぐことになったら阻止するようにと、ジュナたちに命令している可能性が高いです。

アデル様もなんとなく察しているのか、ちょうど良い距離を保ってくれています。

婚約者なのですから、手を繋ぐことくらい良いのではと思ってしまいますが、父親というものはそんなものなのでしょうかね。

「どうかしたのか？」

「いえ、出かける前のお父様のことを思い出していたんです」

「俺のことを何か言っていたか？」

苦笑するアデル様に微笑んで答えます。

「過度なスキンシップは認めていないようですが、私の婚約者がアデル様で良かったとは言っていますよ」

「嫌われてないならいいけど」

「嫌ってなんていませんよ。ところで、これからどの店に行きますか？」

「……そうだな」

私は気になったお店をほとんど見て回りましたので、アデル様の行きたいところに行こうと思って尋ねます。

「アデル様は何か見たいものはあるのですか？」

「俺の見たいものっていうか、どうだったかな」

アデル様はきょろきょろとあたりを見回したあと、護衛たちに指が当たらないように気をつけて、目的の方向を指さします。

「あの店に行きたい」

「あちらですね！」

アデル様が希望したお店は、明らかに女性向けの雑貨屋さんで、私が先ほどついつい長居してしまった場所です。もしかして、アデル様は可愛いものが好きなのでしょうか。10年近く一緒にいますのに、知らない面ってあるものですね。

ジュナと兵士たちは外で待っていると言うので、2人で店の中に足を踏み入れます。

店内はアンティーク小物や、普段使いのアクセサリーが綺麗にディスプレイされていて、見ているだけで幸せな気分になります。可愛いものが多すぎて目移りしてしまいますが、私がこの店で一番気になっているのは、とても大きなうさぎのぬいぐるみです。

ピンク色のうさぎのぬいぐるみなんて、本当に可愛いですよね！　それは私の体くらいの大きさで、椅子に座らされています。うさぎの顔は私の顔よりも大きいです。お高めではありますが、私でも買えないことはない値段です。でも、これを買ったら、使用人のみんなから無駄遣いと言われてしまうでしょうか。私のお金で買うにしても、お母様たちに相談したほうが良いでしょうか。

そう考えた時、アデル様は私が見ていたぬいぐるみの前に立って言います。

「これ、買おうかな」

「えっ⁉　アデル様もこの子が気になるんですか？　私もこの子が可愛いと思っていたんです！」

「うん。可愛いし気になるのは確かだ」

「可愛いですよね！　この子をアデル様のお部屋に置くのですか？」

「いや、俺の部屋じゃない」

では、アデル様のお母様のお部屋でしょうか。……とも思いましたけれど、ほしかったら自分で買っていますよね。

ま、まさか、アデル様に好きな人ができていて、その方にプレゼントされるとか⁉

そんな日がいつかは来るかもしれないとは思っていました。だって、私とアデル様の関係は、人には言えない秘密があるという共通点から始まっただけですもの。特別クラスでは出会えなかった素敵な人と、社会に出て出会ってしまったのかもしれません！

覚悟はしていたつもりでしたが、いざとなるとショックです。

私が肩を落として俯いていたからか、アデル様が焦った顔で話しかけてきます。

「どうしたんだよ。念のために言っておくけど、アンナ以外の女性へのプレゼントじゃないからな」

「違うのですか」

「違う」

アデル様はきっぱりと否定すると、勘定を済ませて、自分の護衛にうさぎのぬいぐるみを馬車に運んでおくようにお願いしました。そして、そのあとすぐにジュナに何か小声で話しかけると、ジュナが笑顔になって頷きました。

ま、まさか、ジュナとアデル様が、そ、そういう関係に!?

先ほど、アデル様が私以外の女性へのプレゼントではないと言っていたことも忘れて、ショックを受けていると、アデル様に促されます。

「次の店に行くぞ」

「は、はい！」

プレゼントの行方はそのうちわかるでしょう。そう思って気持ちを切り替え、次はどこに向かうのかと思いながらついていきましたら、またもや、私が立ち寄った店でした。アデル様と私は趣味が合うのかもしれません、なんて呑気《のんき》なことを思っていた私は本当に馬鹿でした。

別れ際、私の馬車のところまで来ると、馬車の中から先ほどのうさぎのぬいぐるみがこちらを見ていることに気づきました。

間違えて私の家の馬車に荷物を運んでしまったのでしょうか。

「アデル様、申し訳ございません！　うさぎが私の馬車に運ばれています！　すぐにお返ししますね！」

「返さなくていいよ。アンナへのプレゼントだから」

「……はい？」

私が首を傾げると、アデル様は微笑んで言います。

「俺が今日、アンナと一緒に買った分は全部、アンナに渡したくて買ったんだ」

「ええっ⁉」

照れくさそうにしているアデル様を見つめると、視線を逸らしたまま答えてくれます。

「早く着いてアンナへのプレゼントを買おうと思っていたら、店の中でうさぎとにらめっこしているアンナを見つけたんだ。声をかけようと思ったけど、プレゼントをリサーチするには良いかなって、そのあと、気づかれないように追いかけてた」

ほしいけれど買えない！　と思ったことが何回もありましたので、それが顔に出ていたようです！

そして、アデル様に見られていたなんて、全く気づいていませんでした。

「ジュナたちは知っていたんですか？」

「もちろんです」

ジュナと護衛たちは笑顔で頷きます。

それはそうですよね。気づいていなかったら護衛の意味がありませんもの。アデル様が相手だから、何も言わずに見守っていたんですね。

「街を歩くのですから、もっと危機感がなくてはなりませんね」

「気配を消していたから、アンナが気づかなくても仕方がない」

「ですが、私も多少は武術をたしなんでおりますから！　意味がありません」

アデル様に気づかなかったことは本当に反省です。守ってもらうために護衛がいるのは確かですが、自分の身は自分で守らなければ。

拳を作ると、アデル様が苦笑します。

「買ったものは、全部馬車に乗せてもらったんだ。宿屋に着いてからでもいいし、家に帰ってからでもいいから確認してくれ」

「本当にいただいてよろしいのですか？」

「ああ。婚約者にプレゼントを贈るのは珍しいことじゃない」

そうかもしれませんが、やはり遠慮する気持ちが勝ってしまいます。

「1軒目の店でジュナと話していたのは、私の家の馬車に乗せるためだったのですね」

私ったら、アデル様に好きな人ができただとか、ジュナとの関係を疑ってしまうとか、失礼なことばかり考えていました！

「本当に申し訳ございません」

謝ると、アデル様は不思議そうな顔をします。

「どうして謝るんだ？」

「色々と失礼なことを考えてしまっていたんです」

「失礼なことっていうのがなんなのかはわからないけど、悪いと思うんなら俺からのプレゼントを受け取ってもらえると嬉しい」

「で、ですが、こんなにたくさんいただくわけには！」

「自分の趣味のためにお金を使うことがないから、気にしなくていい」

そういう問題ではない気もしますが、遠慮しすぎるのも失礼に当たりますよね。

「ありがとうございます、アデル様。本当に嬉しいです」

微笑んで言うと、アデル様は安堵したような表情で頷きます。

「どういたしまして。本当は、俺が自分で選んだものをプレゼントするほうが良いと思うんだが、アンナの好みをまだ把握できていないんだ。いらないと思われるものを贈りたくなくて」

「好みを知るためにも買い物に付き合ってくださったのですね。ですが、私はアデル様からいただいたものなら喜びますので、ご安心ください」

「そんなものかな」

「そんなものです」

苦笑して首を縦《たて》に振ったあと、私もプレゼントを用意していましたので渡すことにします。

「あの、アデル様、この流れで出しづらいのですが……」

「ん？」

私はアデル様へのプレゼントを、ジュナから受け取って言います。

「私もアデル様にプレゼントを用意していたのです」

「お、俺に!?」

「はい。今まで学園で会うことが多かったので、私もアデル様の好みを詳しくは知りません。ですから、今まで持っておられたものを思い出して選んだんです。好みじゃなかったら、本当に申し訳ないのですけど」

綺麗にラッピングされた小箱を差し出すと、アデル様はなぜか緊張した面持《おもも》ちで受け取ってくれました。

アデル様にプレゼントしたのは懐中時計《かいちゅうどけい》です。私たちの国では、時計をプレゼントするのは、一緒に時を刻《きざ》んでいきたいという意味が込められています。それに、私たちは何度も時を巻き戻っていますから、今度こそは一緒の時間をと思って選びました。

「開けていいか？」

「駄目です！　帰りの馬車の中で開けてください！」

恥ずかしい気持ちと、がっかりした顔をされたらどうしようと思う怖さで私が拒否すると、アデル様の護衛が助け舟《ぶね》を出してくれます。

「アデル様、予定の時間をオーバーしていますので、もうお戻りにならないといけません」

「……わかった」

アデル様は不満そうな顔をしましたが、すぐに頷くと、

「アンナを見送ったら帰る」

と言いました。無意識ではありますが、私がたくさんものをほしがったせいで、アデル様に時間を取らせてしまいました。こんなことにならないように気をつけたつもりだったのに、意味がありません。

「また、同窓会の時にお会いしましょう」

「プレゼントのお礼と感想は手紙で送るよ」

「気に入ってもらえるようにお祈りしておきます！　では、アデル様、失礼いたします。お気をつけてお帰りくださいませ」

名残惜《なごり》しいですが、アデル様に別れの挨拶をして、私は馬車に乗り込んだのでした。

別れる時はバタバタしてしまいましたが、アデル様に久しぶりに会えて本当に幸せでした。行きとは違い、帰りの馬車の中はプレゼントでいっぱいです。明日は自分で買い物をするつもりですので、馬車に乗りきるか心配になっていたら、一足先に私の家に運ぶのだとジュナが教えてくれました。私を宿屋まで送ったあと、アデル様が手配してくれた馬車に乗せ換えるそうです。

今日はアデル様に会えてお話しできて、本当に素敵な日になりました。明日はニーニャたちに会う日です。明日もきっと、素敵な日になるのでしょうね。

◆◇◆◇◆

次の日は、昨日のような高級店ではありませんが、レストランの個室を昼から夕方まで使わせていただけることになり、ニーニャたちと久しぶりの再会を喜び合いました。

まずは、それぞれの近況報告をしていき、一回りしたところで、やはり気になったのは、エイン様とニーニャの仲でした。

私たちがそのことに触れると、ニーニャは顔を真っ赤にして言います。

「じ、実は、結婚の話が出ているんです」

「「「えーーっ！」」」

個室を借りていて良かったです。周りに人がいたら迷惑だと思われるくらい、私たちは大きな声で聞き返してしまいました。

いつか結婚するだろうとは思っていましたが、最近までそんな話はないと言っていたので余計に驚いてしまったのです。

「と、ということは、エイン様にプロポーズされたということですか？」

「……はい。でも、受けて良いのか迷っているんです」

表情を曇らせたニーニャを見た私たちは、おめでたいことのはずなのに、どうしてそんな表情になるのかわからなくて、思わず顔を見合わせてしまいました。

「ねえ、ニーニャ、どうしてそんな暗い顔をしているの？　好きな人と結婚できるなんて、とても幸せなことじゃないの」

３人を代表して、ミルルンが尋ねると、ニーニャは私を見つめて話し始めます。

「昔の話にはなりますが、エイン様はアンナさんに酷いことをしていました。エイン様はそのことをとても反省していますが、私の中では引っかかっています。アンナさんを傷つけたことは許せませんし、人の本性は変わらないとも聞きます。だから……」

「慎重になる気持ちはわかるわ。だけど、エイン様も変わる努力はしていると思う」

「私もそう思います。ただ、ニーニャがどうしてもエイン様を信じられないというのであれば、納得がいくまで考えて話し合えば良いのではないかなと思います」

ミルルンの言葉に私が同意すると、ニーニャは泣きそうな顔になりました。

すぐにお断りしなかったのは、ニーニャの中では答えが決まっているからです。でも、彼女は優しいから、友達を裏切ったことがある人と幸せになって良いのかと思う気持ちが、どこか出てきてしまうのでしょう。なかなか踏み出すことが難しいようなので、背中を押そうと思います。

「ニーニャ、私の婚約者だった頃のエイン様と、ニーニャとお付き合いを始めてからのエイン様は、同一人物ではありますが、中身は違っていると思います。過去がこんな人だったからと気になるのはわかります。でも、ニーニャが好きになったということは昔のエイン様じゃないからでしょう？　今のエイン様は昔のような人ではないと信じられるなら、過去を気にしすぎるのは良くないと思います」

私が言い終えると、ミルルンたちも同じ意見だというように無言で、大きく頷いてくれました。

「……ありがとうございますっ」

ニーニャが大粒の涙を流し始めたので、会っていなかったとはいえ、もっと早くに気づいてあげられなかったことを反省しました。

少ししんみりした空気を振り払うように、話題を他のことに移したあとは、帰り際までエイン様の話が出ることはありませんでした。

でも、別れ際、

「答えが出たら連絡しますね」

と言ったニーニャの顔はすっきりしているように思えて、私は安堵のため息を吐いたのでした。

◆◇◆◇◆

私が家に戻った数日後に、アデル様とニーニャから手紙が届きました。アデル様は懐中時計をとても気に入ってくれたようで、いつも持ち歩いているそうです。

ニーニャからは、1年後の挙式を考えているという報告とお礼が書かれていました。

エイン様はともかく、ニーニャには絶対に幸せになってもらいたいものです。結婚のことを考えた時、ふと、ミルーナ様たちのことが頭に浮かびました。

これまでは彼女たちの様子をアデル様から聞いていましたが、最近は興味がなくなったので聞くことをやめていました。

もう、子供が生まれているはずです。２人が子供にとって良い両親になると良いのですが、今頃はどうしているのでしょうか。

＊＊＊＊＊

「子供なんていりませんでしたね」

大変な思いをして生んだ赤ちゃんを初めて自分の腕に抱いた時、傍らでヴィーチがため息を吐いて言った。

「どうしてそんなことを言うのよ」

「今まで僕とあなただけで暮らしてきたのに、子供がいたら2人の時間がなくなるじゃないですか」

「そんなこと、子供が生まれる前からわかっていたことでしょう！　ふざけたことを言わないでよ！」

貧乏で惨めな生活を送りたくなかったから、金を持っていそうなヴィーチと逃げたのに、彼自身は持っていなくて、人からお金や食べ物を奪ったりして生きてきた。

今はぼろ屋ではあるけれど、住む場所はできたし、なんの仕事をしているのかは知らないけれど、ヴィーチが稼《かせ》いでくるお金で生きていけるようにはなった。でも、少しは落ち着いて暮らしていけるかと思ったのに、子供ができただけじゃなく、生んだら生んだで酷い発言だ。

こんな人と逃げるんじゃなかった。大人しく、伯爵家にいれば良かった。

「頭ではわかっているんですよ。でも、あなたが僕以外の何かを大事にしているところは見たくないんです」

「大事にするのは当たり前でしょう！　というか、この子はあなたの子供でもあるのよ！　大事にしなさいよ！」

「ああ、ほら！　今の発言は僕よりも子供を大事にしている証拠です」

ヴィーチはわたしのことが好きで好きでたまらないらしい。わたしの関心を奪う者は、たとえ、相手が自分の子供であったとしても敵とみなしているようだった。

「もう勘弁《かんべん》してよ！　どうしろって言うのよ！」

わたしたちの会話を聞いていた産婆《さんば》が気を遣って、赤ちゃんを連れて別部屋に移動してくれた。すると、ヴィーチはとんでもない発言をする。

「捨てましょう」

「はあ⁉」

「僕とあなたの間を遮るものがあってはいけないのです。邪魔な者は排除すべきです」

「ば、馬鹿なことを言わないでよ！　赤ん坊を捨てるなんて馬鹿じゃないの⁉　そんなこと、許されるわけがないでしょう！」

「じゃあ、殺しますか？」

「駄目よ！」

ヴィーチは何がいけないのだと言わんばかりの顔をして、わたしを見つめている。自分が言っている言葉の意味を理解できていないらしい。いや、理解できていないというよりかは、彼の中で子供は邪魔者でしかないんだわ。

こんなことになるくらいなら、子供を生まないようにしてくれれば良かったんじゃないの⁉

「駄目よ、絶対に殺さないで。わたしがどれだけ大変な思いをして生んだと思っているのよ！」

本当ならば、今すぐにでも横になって眠りたい。でも、ヴィーチはそう簡単に眠らせてはくれなかった。

「あなたの体に負担をかけたのですから、子供が悪いでしょう」

「負担がかかるのは当たり前でしょう！　その前に、こうなる原因を作った自分が悪いとは思わないの⁉」

「思いません」

「どうしてよ⁉」

「ミルーナ、あなたは疲れているようですし、この話は明日に改めてしましょう」

ヴィーチは笑顔でそう言うと、わたしが何か言う前に部屋から出ていった。

なんなのよ、一体。どう考えてもおかしいでしょう！

追いかけようかと思ったけれど、わたしも疲れきっていたから、動く気力がなくてベッドに横になった。

でも、部屋の外があまりにも静かだから、なんとなく気になって部屋の外へ出てみると、家の中には誰1人いなかった。わたしが横になっていたから、気を利かせて、赤ちゃんを別の場所に移してくれたとか？

子供を生んだことなんて初めてで、この時のわたしは何もわからなかった。だから、部屋に戻って横になると、いつの間にか眠ってしまっていた。

気がついた時には窓の外は真っ暗だった。ちょうどヴィーチが帰ってきたけれど、赤ちゃんの姿が見えないので、どこに連れていったのかを尋ねる。

「赤ちゃんはどこにいるの？　どこかに預けてきたの？」

すると、彼は満面の笑みで、

「捨ててきました」

と答えた。

「捨ててきたですって⁉　どこへ⁉　今すぐ連れて帰ってきてよ！」

ヴィーチの両腕を掴んで訴えると、彼はわたしの手を振り払って抱きしめてきた。

「安心してください。捨ててきたと言いましたが、あなたの望み通り預けてきました」

「わたしは預けてほしいなんて言っていないわ！」

「とにかく聞いてください。知らない人間ではありますが、金を渡してあなたの元妹のところへ、赤ん坊を届けるように伝えておきました。僕とあなたの子供は、この家で暮らすよりかはあの家で育てられたほうが幸せでしょう。そして、子供がいなくなったことで、僕とあなたも2人きりの幸せな生活が続けられるのです」

にたりと笑うヴィーチを見た時、わたしは自分らしく楽しく生きていける生活は、もう二度と戻ってこないのだと感じた。

時間が巻き戻るなら戻してほしい。今ならきっと、わたしはアンナに優しくすることができるはずだわ。

エピローグ

それはちょうど門番が交代する時間だったそうです。白い布に包まれた赤ちゃんが門の前に置かれていて、泣き声で気がついて確認しに行った時には、置いていった人物の影も形も見当たらなかったとのことでした。

夜中ではありましたが、門番は慌ててお父様に連絡を入れ、騒がしくて目が覚めた私やお母様も赤ちゃんの存在を知ることになったのです。寝間着《ねまき》のまま、エントランスホールに向かうと、お父様が抱いていた赤ちゃんをお母様に渡していたところでした。

「お母様、もしかしてこの子はミルーナさんの子供でしょうか」

「きっとそうでしょう。生まれたタイミングが同じですものね」

この頃の私は、ミルーナ様と呼ぶことはやめて、ミルーナさんと呼ぶようになっていました。お母様の腕の中に抱かれた赤ちゃんを見つめて尋ねると、ミルーナさんたちを見張ってくれていた男性の1人が訪ねてきて、赤ちゃんはミルーナさんとヴィーチの子供で、ヴィーチ自らがこの子を捨てたのだと教えてくれました。

私の中身は大人ではありますが、子供を育てたことは一度もありません。今回の人生のお母様も子育てをしたことはありませんが、他人の子であっても赤ちゃんは可愛いらしく、我が家で引き取ることになりました。

というわけで、いきなり弟ができた私でしたが、姉になるという心構えは全くできていません。メイドたちだけでなく、急遽《きゅうきょ》雇った乳母《うば》やお母様たちと試行錯誤《しこうさくご》しながら、赤ちゃんのいる生活に慣れていきました。

その間に、ヴィーチに気づかれないようにミルーナさんと密かに連絡を取り、子供の名前を決めてもらい、赤ちゃんはミールと名付けられました。

ミルーナさんはミールを私たちに預けることに決め、体力が回復すると、ヴィーチのいない隙《すき》に家から逃げ出して行方をくらましました。ヴィーチは血眼《ちまなこ》になってミルーナさんを捜《さが》していましたが、今までの悪事の件で警察に捕まり終身刑が言い渡されて、一生、刑務所の中で過ごすことになったのでした。


そしてそれから2年後には、ミールはすくすくと育ち、私のことを『おねえたま』と呼んでくれるようになりました。髪と瞳の色はヴィーチですが、顔立ちはミルーナさんに似ているので、将来は美少年になりそうです。

さ行が上手く言えないようで、とても可愛いです。このまま、ミールが成長していくのを見守っていけると思っていたのですが、そんな時に私がアデル様のところに嫁ぐ話が起こったのです。

アデル様が私の家に訪ねてきた時のことです。

「おねえたま、どこかへいっちゃうの？」

私の部屋でアデル様と話し合い、結婚を遅らせてミールの成長をもう少し見守るかどうか悩んでいた時、ミールにそう尋ねられました。

「すごく遠くへ行くわけではないんですが、家にいなくなるかもしれません」

「やだぁ！」

意味がわからないながらも、私とアデル様の話を聞いていたミールは、別れたくないと泣き出してしまいました。

「ミール、二度と会えなくなるわけじゃないんだ。だから、許してくれないか？」

隣に座るアデル様が苦笑して尋ねると、ミールはぷくっと白い頬を膨らませて拒否します。

「いやっ！　おねえたまをつれていくなら、アデルしゃま、きりゃい！」

「そ、そんなこと言うなよ」

ミールが我が家に来た時から、アデル様は何度も様子を見に来てくださり、ミールのことをとても可愛がっています。なので、嫌いと言われたことはショックだったようです。

「じゃ、つれてかないで！」

私の膝の上で甘えてくるミールを複雑そうな顔で見つめて、アデル様は呟きます。

「いつになったら許しがもらえるんだ？」

「ミールが誰かに恋をしたら、許してもらえるかもしれませんね」

「そんなのいつの話だよ。10年後か？」

「平民の話ではありますが、今どきの子供は5歳くらいから彼女ができるそうですよ」

「ということは、3年待てばいいのか？」

真剣な表情で尋ねてくるアデル様に苦笑して答えます。

「さすがにアデル様にそこまで待ってもらうわけにはいきませんから、ミールを説得しようと思います。ですから、もう少し待っていただけますか」

「もちろん」

アデル様が私の手を取ろうとすると、ミールがその手をぺちっと叩きます。

「だめっ！　おねえたまはミールのだよっ！」

「じゃあ、ミールを触《さわ》るよ」

アデル様が微笑してミールの頬を指でつつくと、ミールは声を上げて笑い始めました。

ミルーナさんが今、どこで何をしているかはわかりません。ヴィーチのところを逃げ出した時点で、彼女を追うことはやめたからです。こんなに可愛く育ったミールの姿を見せてあげられないことは残念ですが、彼女はミールの幸せを望んでいたようですから、ミールが幸せなら彼女もきっと幸せですよね。

「アンナはもうすぐ19歳だし、一番近くで守りたかったんだけど、小さな騎士がいるから仕方がないのか」

「そうでした」

今があまりにも幸せすぎて、そのことをすっかり忘れていました。

「アデル様と幸せな未来を迎えるために、私は死んだりなんかしません！」

「俺も死なせたりしない」

アデル様の手を握りしめて言うと、安堵したような顔をして握り返してくれました。

「おねえたま、だめっ！」

ミールが身を乗り出して、私の手ではなく、アデル様の手を叩きましたが、アデル様は苦笑するだけで私の手を離そうとはしません。

これからも私の人生は続いていきます。色々とトラブルはあるでしょう。たとえこの先、どんな困難が待ち受けていても、私は負けるつもりはありません。

開き直ったおかげで、メンタルはかなり鍛えられましたからね。

甘えてくるミールの頭を撫でながら、アデル様に握られている手を改めて強く握り直したのでした。

あとがき

はじめましての方もそうでない方も、こんにちは、風見ゆうみです。

この度は「どうせ結末は変わらないのだと開き直ってみましたら」を手に取っていただき本当にありがとうございます。

ありがたいことにツギクルブックス様の刊行では3作品目となりました。

この作品ですが、苦しい状況を打破する時に開き直るくらいでないと、大きな決断はできないものかなと考えて書いたものになります。

人生をやり直して（やり直させられたが正しい？）10回目までのアンナも運命を変えるのだと一生懸命でしたが、彼女が無難だと思う範囲内のことしかしていなかったため、運命が変わりませんでした。11回目は『どうせ無理なんでしょう！』と考え、今までのアンナとは予想外の動きをしたことによって運命が変わったというイメージです。（あくまでもこのお話の中での私の考えです）

7章以降はｗｅｂ版にはないお話です。アンナたちのその後の話を楽しんでいただければ嬉しいです。

ドロドロしている部分もありますが、悪いことをした人にはそれ相応の罰も必要かと思いますので、そこはざまぁパートだと思っていただければと思います。

そして、この作品にはアルファポリス様の読者様に大人気のシルバートレイ、作中の商品名『ティアトレイ』が出ております。他の風見作品を読んで知ってくださっている方はそちらも楽しんでいただければ幸いです。

こうやって書籍化できましたのも、ｗｅｂでの連載を応援してくださった皆様。本になるまでに尽力くださった編集者様方。アンナたちをとても可愛く描いてくださったイラストレーターの蒼様。その他、この本に携わってくださった皆様のおかげです。

この作品に出会っていただき、本当にありがとうございました。少しでも楽しんでいただけましたら幸いです。

またどこかでお会いできますことを心より願っております。

風見《かざみ》ゆうみ

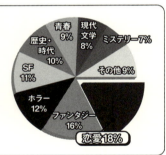

王命の意味わかってます？
著：茅
イラスト：ぺペロン
礼には礼を、無礼には無礼を
最も苛烈な公爵夫人の、
夫教育物語！
思ったことははっきりと口にする南部と、開けっぴろげな言動は恥とされる北部。
そんな南部と北部の融和を目的とした、王命による婚姻。
南部・サウス公爵家の次女・リリエッタは、北部・ブリーデン公爵家の若き当主に嫁ぐことになった。
しかし夫となったクリフは、結婚式で妻を置き去りにするし、初夜を堂々とボイコットする。
話しても言葉の通じない夫を、妻は衆人環視のもとわからせることにした。
ざまぁからはじまったふたりのその後はどうなっていくのか――？
定価1,430円（本体1,300円＋税10%） ISBN978-4-8156-3142-0
ツギクルブックス
https://books.tugikuru.jp/

著：竜胆マサタカ
イラスト：東西

悪魔の剣で天使を喰らう

天使《せいぎ》すら喰らう、禁断《あくま》の力——。
運命に選ばれし少年が、
世界の真理を破壊する！

何故、天使は怪物の姿をしているのか？

カーマン・ラインすら遥か突き抜けた巨塔——『天獄』と名付けられたダンジョンが存在する現代。
悪魔のチカラを宿す剣、すなわち『魔剣』を手にすることで、己の腕っぷし頼みに身を立てられるようになった時代。
若者の多くが『魔剣士』に憧れる中、特に興味も抱かず、胡散臭い雇い主の元で日々アルバイトに励んでいた胡蝶ジンヤ。けれど皮肉にも、そんな彼はある日偶然魔剣を手に入れ、魔剣士の一人となる。天獄の怪物たちを倒し、そのチカラを奪い取り、魔剣と自分自身を高めて行くジンヤ。そうするうち、彼は少しずつ知って行くことになる。
己が魔剣の異質さと——怪物たちが、天使の名を冠する理由を。

定価1,430円（本体1,300円＋税10%）　ISBN978-4-8156-3143-7

ツギクルブックス
https://books.tugikuru.jp/

プライベートダンジョン
～田舎暮らしとダンジョン素材の酒と飯～
1～3
著：じゃがバター
イラスト：しの
シリーズ累計100万部突破！
『異世界に転移したら山の中だった。反動で強さよりも快適さを選びました。』の著者、じゃがバター氏の最新作！
鶏に牛、魚介類などダンジョンは食材の宝庫！
これぞ理想の田舎暮らし!?
ある日、家にダンジョンが出現。そこにいた聖獣に「ダンジョンに仇なす者を消し去るイレイサーの協力者になってほしい」とスカウトされる。
ダンジョンに仇なす者もイレイサーも割とどうでもいいが、
ドロップの傾向を選べるダンジョンは魅力的――。
これは、突然できた家のダンジョンを大いに利用しながら、
美味しい飯のために奮闘する男の物語。
1巻：定価1,320円（本体1,200円＋税10%）978-4-8156-2423-1
2巻：定価1,430円（本体1,300円＋税10%）978-4-8156-2773-7
3巻：定価1,430円（本体1,300円＋税10%）978-4-8156-3013-3
ツギクルブックス
https://books.tugikuru.jp/

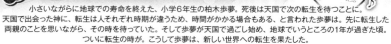

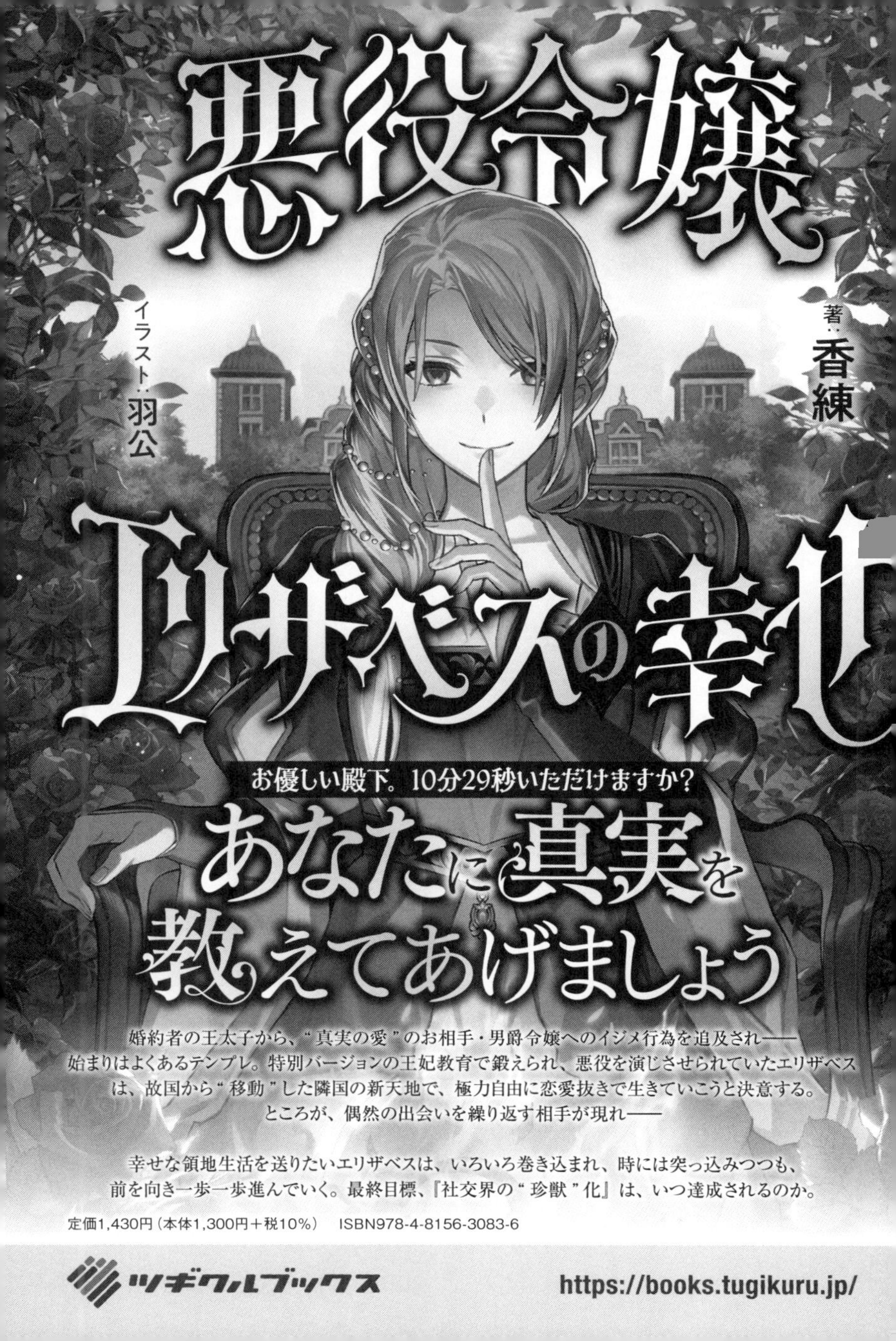
悪役令嬢
エリザベスの幸せ
著：香練
イラスト：羽公
お優しい殿下。10分29秒いただけますか？
あなたに真実を教えてあげましょう
婚約者の王太子から、“真実の愛”のお相手・男爵令嬢へのイジメ行為を追及され――
始まりはよくあるテンプレ。特別バージョンの王妃教育で鍛えられ、悪役を演じさせられていたエリザベスは、故国から“移動”した隣国の新天地で、極力自由に恋愛抜きで生きていこうと決意する。
ところが、偶然の出会いを繰り返す相手が現れ――
幸せな領地生活を送りたいエリザベスは、いろいろ巻き込まれ、時には突っ込みつつも、前を向き一歩一歩進んでいく。最終目標、『社交界の“珍獣”化』は、いつ達成されるのか。
定価1,430円（本体1,300円＋税10%）　ISBN978-4-8156-3083-6
ツギクルブックス
https://books.tugikuru.jp/

時を戻った私は別の人生を歩みたい
著：まるねこ
イラスト：鳥飼やすゆき
二度目は自分の意思で生きていきます！
王太子様、第二の人生を邪魔しないで
コミカライズ企画進行中！

震えながら殿下の腕にしがみついている赤髪の女。怯えているように見せながら私を見てニヤニヤと笑っている。あぁ、私は彼女に完全に嵌められたのだと。その瞬間理解した。口には布を噛まされているため声も出せない。ただランドルフ殿下を睨みつける。瞬きもせずに。そして、私はこの世を去った。目覚めたら小さな手。私は一体どうしてしまったの……？

これは死に戻った主人公が自分の意思で第二の人生を選択する物語。

定価1,430円（本体1,300円＋税10％）　ISBN978-4-8156-3084-3

ツギクルブックス　https://books.tugikuru.jp/

2025年5月、
最新19巻
発売予定！
もふもふを
知らなかったら
人生の半分は無駄
にしていた
1~18
著／ひつじのはね
イラスト／戸部淑
冒険あり、癒しあり、笑いあり、涙あり
もふもふたちに囲まれた
異世界スローライフ！
魂の修復のために異世界に転生したユータ。異世界で再スタートすると、
ユータの素直で可愛らしい様子に周りの大人たちはメロメロ。おまけに妖精たちがやってきて、
魔法を教えてもらえることに。いろんなチートを身につけて、目指せ最強への道？？
いえいえ、目指すはもふもふたちと過ごす、穏やかで厳しい田舎ライフです！
転生少年ともふもふが織りなす
異世界ファンタジー、開幕！
1巻：定価1,320円（本体1,200円＋税10%）978-4-8156-0334-2
2巻：定価1,320円（本体1,200円＋税10%）978-4-8156-0351-9
3巻：定価1,320円（本体1,200円＋税10%）978-4-8156-0357-1
4巻：定価1,320円（本体1,200円＋税10%）978-4-8156-0584-1
5巻：定価1,320円（本体1,200円＋税10%）978-4-8156-0585-8
6巻：定価1,320円（本体1,200円＋税10%）978-4-8156-0696-1
7巻：定価1,320円（本体1,200円＋税10%）978-4-8156-0845-3
8巻：定価1,320円（本体1,200円＋税10%）978-4-8156-0864-4
9巻：定価1,320円（本体1,200円＋税10%）978-4-8156-1065-4
10巻：定価1,320円（本体1,200円＋税10%）978-4-8156-1066-1
11巻：定価1,320円（本体1,200円＋税10%）978-4-8156-1570-3
12巻：定価1,320円（本体1,200円＋税10%）978-4-8156-1571-0
13巻：定価1,320円（本体1,200円＋税10%）978-4-8156-1819-3
14巻：定価1,320円（本体1,200円＋税10%）978-4-8156-1985-5
15巻：定価1,320円（本体1,200円＋税10%）978-4-8156-2269-5
16巻：定価1,320円（本体1,200円＋税10%）978-4-8156-2270-1
17巻：定価1,540円（本体1,400円＋税10%）978-4-8156-2785-0
18巻：定価1,430円（本体1,300円＋税10%）978-4-8156-3086-7
ツギクルブックス
https://books.tugikuru.jp/

ファルトン伯爵家の長女セレナは、異母妹マリンに無理やり悪女を演じさせられていた。言うとおりにしないと、マリンを溺愛している父にセレナは食事を抜かれてしまう。今日の夜会でのマリンのお目当ては、バルゴア辺境伯の令息リオだ。――はいはい、私がマリンのお望みどおり、頭からワインをぶっかけてあげるから、あなたたちは私を悪者にしてさっさとイチャイチャしなさいよ……。と思っていたら、リオに捕まれたセレナの手首がゴギッと鈍い音を出す。「叔父さん、叔母さん! や、やばい!」「えっ何やらかしたのよ、リオ!?」 骨にヒビが入ってしまいリオに保護されたことをきっかけに、セレナの過酷だった境遇は優しく愛に満ちたものへと変わっていく。

定価1,430円(本体1,300円+税10%) ISBN978-4-8156-2424-8

ツギクルブックス

https://books.tugikuru.jp/

ユーリ～魔法に夢見る
小さな錬金術師の物語～
著：佐伯凪　イラスト：柴崎ありすけ
ユーリの可愛らしさにほっこり　努力と頑張りにほろり！
小さな錬金術師が
異世界の常識を
ぶっ壊す!?
コミカライズ
企画
進行中！

転生幼女は教育したい！
～前世の知識で、異世界の社会常識を変えることにしました～
1～2
Ryoko　イラスト フェルネモ
5歳児だけど、
"魔法の真実"に気づいちゃった！
規格外な幼女が
異世界大改革!?
バイクに乗って旅をするかっこいい女性に憧れた女の子は、入念な旅の準備をしました。外国語を習い、太極拳を習い、バイクの免許をとり、茶道まで習い、貯めたお金を持って念願の旅に出ます。そして、辿り着いたのは、なぜか異世界。え、赤ちゃんになってる!?　言語チートは!?　魔力チートは!?
まわりの貴族の視線、怖いんですけど!!　言語と魔法を勉強して、側近も育てなきゃ……
まずは学校をつくって、領地を発展させて、
とにかく自分の立場を安定させます!!
前世で学んだ知識を駆使して、
異世界を変えていく転生幼女の物語、開幕です！
定価1,430円（本体1,300円＋税10%）　ISBN978-4-8156-2634-1
ツギクルブックス
https://books.tugikuru.jp/

ダンジョンキャンパーズ
～世界で唯一、冥層を征く男は配信で晒された～
著：蒼見雛
イラスト：Aito
一人隠れて探索していたのに、うっかり身バレ！
ダンジョン最奥でキャンプする謎の男、現る！
コミカライズ企画進行中！

異世界に転生したけど、
今度こそスローライフを満喫するぞ!
著
Guen
イラスト
でんきちひさな
異世界で優しい家族に愛されながら、
まったり辺境暮らし!
ふわふわ～!
魔法って楽しい～!
コミカライズ企画進行中!

平凡な令嬢 1～3
エリス・ラースの日常
The Everyday Life of an Ordinary Lady Ellis Lars
まゆらん
イラスト 羽公
平凡って楽しくてたまりませんわ！

ツギクルブックス

愛読者アンケートに回答してカバーイラストをダウンロード！

愛読者アンケートや本書に関するご意見、風見ゆうみ先生、蒼先生へのファンレターは、下記のURLまたは右のQRコードよりアクセスしてください。

アンケートにご回答いただくとカバーイラストの画像データがダウンロードできますので、壁紙などでご使用ください。

https://books.tugikuru.jp/q/202502/douseketsumatsu.html

本書は、「小説家になろう」（https://syosetu.com/）に掲載された作品を加筆・改稿のうえ書籍化したものです。

どうせ結末《けつまつ》は変《か》わらないのだと開《ひら》き直《なお》ってみましたら

2025年2月25日　初版第1刷発行

著者　風見《かざみ》ゆうみ

発行人　宇草 亮
発行所　ツギクル株式会社
〒105-0001　東京都港区虎ノ門2-2-1
発売元　SBクリエイティブ株式会社
〒105-0001　東京都港区虎ノ門2-2-1

イラスト　蒼
装丁　株式会社エストール

印刷・製本　中央精版印刷株式会社

定価はカバーに表示してあります。

乱丁本、落丁本はお取り替えいたします。

ISBN978-4-8156-3185-7
Printed in Japan